La marque rouge

COLLECTION FAUBOURG ST-ROCK
directrice: Marie-Andrée Clermont

Marie-Andrée Clermont

La marque rouge

Roman

ÉDITIONS PIERRE TISSEYRE
5757, rue Cypihot — Saint-Laurent (Québec) H4S 1R3

Dépôt légal: 4ᵉ trimestre 1995
Bibliothèque nationale du Canada
Bibliothèque nationale du Québec

Données de catalogage avant publication (Canada)

Clermont, Marie-Andrée

La marque rouge

(Collection Faubourg St-Rock ; 17).
Pour les jeunes.

ISBN 2-89051-587-7

I. Titre. II. Collection.

PS8555.L47J39 1995   jC843' .54   C95- 940852-5
PS9555.L47J39 1995
PZ23.C53Ja 1995

Logo de la collection:
Vincent Lauzon

Illustration de la couverture:
Odile Ouellet

10809

Copyright © Ottawa, Canada, 1995
Éditions Pierre Tisseyre
ISBN-2-89051-587-7
1234567890 IML 98765

PROLOGUE

*L*e faisceau de l'ampoule rouge projetait sur les murs et le plafond des ombres mouvantes et insolites, noyées dans des nuages de fumée rose. Du piano mécanique flottait un air de jazz auquel se mêlait parfois le vent qui soufflait du dehors. Les fenêtres s'ouvraient sur une nuit sans lune et sans étoiles.

Un paravent diaphane la cachait à leurs yeux, mais ils l'imaginaient, assise sur le sofa, les jambes reposant mollement sur les coussins. Son

parfum dégageait des effluves enivrants. Ses che-
veux sombres coulaient sur ses épaules dénudées
et suivaient ses moindres mouvements, comme au
ralenti. Ses gants rouges montaient jusqu'aux
coudes. Un soutien-gorge de même couleur se
devinait sous sa camisole en dentelle noire, et
l'ourlet brodé de sa jupe multicolore caressait ses
mollets. À ses oreilles pendaient de longues larmes
d'onyx qui accentuaient le mystère de son visage.

Les ombres chinoises que produisaient ses ges-
tes sur le paravent les tenaient en haleine. Ils la
regardaient onduler au rythme du piano, leur
corps bougeant inconsciemment avec elle. Au bout
d'un long moment, elle se leva enfin et la musi-
que s'amplifia, puis devint un crescendo pres-
sant. Le moment approchait. Ils retenaient leur
souffle.

Mais voilà que, sans crier gare, un impé-
tueux courant d'air chavire tout dans la pièce; et,
tandis qu'elle bascule dans les ténèbres, les notes
se transforment en stridulation discordante...

Marc-André Courchesne s'éveille en grom-
melant, vaguement conscient d'avoir fait un
rêve trouble, mais sans en garder le souvenir.
Le fait de se faire tirer du sommeil par la
sonnerie du téléphone suffit d'ailleurs à le mettre en rogne et, de toute façon, il souffre de
mauvaise humeur chronique, ces temps-ci. Éti-
rant un bras nerveux, il soulève le combiné.

— Hallô! répond-il, bourru. *Qui?* Non. Mauvais numéro.

Clac! «Non, mais c'est quoi l'idée de déranger le monde en pleine nuit, comme ça!» marmonne-t-il en grimaçant. C'est alors qu'il ouvre les yeux et qu'il aperçoit sa chambre baignée de soleil.

— Ah non, pas déjà deux heures! rugit-il, en consultant sa montre. Merde!

Bondissant hors du lit, il se précipite à la salle de bains. D'un geste machinal, il actionne le commutateur, et c'est là que, sans prévenir, son cauchemar lui remonte à la mémoire. Son poing impuissant s'abat sur les tuiles et un cri rauque lui échappe.

1

Les nerfs à vif

« Tiens, tiens, tiens! C'est donc ça, le fameux faubourg St-Rock! se dit-il, deux heures plus tard, en émergeant sur le boulevard de La Passerelle à sa sortie du métro. Hideux et hypocrite! Non, mais regardez-moi ce soleil trompeur qui se mêle de faire accroire au monde que l'été est arrivé! Et ces imbéciles qui s'y laissent prendre! Il suffit que le mercure monte de quelques degrés pour qu'on les voie ôter leurs manteaux et bouder les transports en commun.»

Tout en ruminant ses impressions, le jeune homme de seize ans a remonté le boulevard jusqu'au complexe scolaire qui occupe le centre du quartier. Appuyé contre un arbre, il jette un regard cynique aux alentours. La classe vient de se terminer et les écoliers du primaire s'éparpillent joyeusement sur les trottoirs. «Tu parles! À cet âge-là, on garde encore des illusions», ricane-t-il intérieurement. Autour de la polyvalente La Passerelle, des bandes d'ados se racontent des blagues et les rires fusent. «Des inconscients! Comme si la vie était une partie de plaisir!» Un couple d'amoureux passe près de lui bras dessus, bras dessous, et il crache par terre. Une dame corpulente tourne dans la rue du Marais, traînant ses emplettes dans un sac à roulettes et s'arrêtant pour souffler à toutes les dix secondes. «En voilà une qui doit pourtant commencer à comprendre!» Des clients sortent de la boulangerie, les bras chargés. «C'est ça, empiffrez-vous! C'est une bonne manière d'oublier la connerie universelle.» Un vieillard pousse une marchette qui grince horriblement. «Dire qu'il a le cœur de sourire, celui-là, si ça se trouve!»

L'adolescent regarde autour de lui, l'air méprisant. «Vous êtes dupes! voudrait-il crier. On n'est rien qu'en avril! Les bourgeons sortent à peine! La terre est encore dure! Mais vous, vous recevez un rayon de soleil un peu tiède et vous vous croyez en plein été! Ouvrez les yeux, tas de cons! La nature est hypocrite! Et les humains à son image. Le fond de l'air est froid comme la mort.»

— Mais si c'est pas mon copain Marc-André! l'apostrophe une voix qui le fait sursauter. Salut, bonhomme! Qu'est-ce que tu fais par ici?

Marc-André se retourne brusquement et manque de défaillir. Le grand blond au sourire amical qui se tient devant lui, livres à la main, est la dernière personne qu'il s'attendait à rencontrer en venant au faubourg. Fred Campeau est aussi la dernière personne qu'il a envie de voir, tout court. Il réprime à grand-peine le cri qui lui monte à la gorge.

— Un cauchemar, répond-il sèchement, puisque tu es là.

Une ombre passe dans les yeux bleus de Fred qui, d'un coup de tête, repousse ses longs cheveux en arrière.

— Écoute, on n'a... jamais eu l'occasion de reparler de... de ce fameux soir, commence-t-il. Y a... y a des choses que tu devrais sav...

— Je veux plus rien savoir de toi, Fred Campeau.

— D'accord. Je reconnais que j'ai peut-être exagéré cette fois-là. Tout le monde peut se tromper, non? Écoute, on va aller manger une poutine *Chez Fimo,* c'est juste à côté, et je vais t'expliquer.

— Garde tes explications pour tes suiveux.

— Hey! Prends-le pas de même. D'accord, on parlera pas de ça, mais viens quand même, j'ai le goût de savoir ce qui se passe à Brossard. Depuis que je vis chez mon père au faubourg, je... j'ai aucune nouvelle. Comment ça va, là-bas? As-tu...

— Ça va très mal, merci, répond Marc-André, parce qu'on a jugé bon de me mettre à l'écart pour un bout de temps.

— Tu veux pas dire en prison? s'écrie Fred, l'air catastrophé.

— Pire que ça, éclate Marc-André. Le sais-tu que j'ai failli mourir dans cette affaire-là?

Fred fait une petite moue ironique.

— Failli ça compte pas, bonhomme. C'est pas la première chose que tu fais rien qu'à moitié!

Marc-André blêmit.

— Maudit crosseur! souffle-t-il à mi-voix.

Ébranlé par la tournure de la conversation, Fred détourne le regard avant de riposter durement:

— Bon, bien, si c'est comme ça que tu le prends, tant pis! Ouais, tant pis pour tout ce que j'ai investi dans notre amitié pendant dix ans.

Marc-André ferme les yeux, se secoue, et rétorque d'une voix rauque:

— Va te faire foutre avec ton amitié! J'aime mieux avoir dix ennemis qu'un seul ami comme toi. Et je vais te dire – l'air de Brossard est plus respirable depuis que t'as déménagé. Un conseil, mets-toi plus sur mon chemin, O.K.? Autrement tu vas le regretter.

— Tu me flanques la trouille avec tes grosses menaces! persifle Fred en simulant un grand frisson. Mais si tu t'imagines que tu vas t'en sortir avec des galipettes verbales, détrompe-toi, bonhomme! C'est quand même pas moi qui ai manqué à mon serment!

— Fais de l'air, *calvâsse*! coupe Marc-André en levant le poing, mais Fred esquive lestement et s'éloigne d'un pas nonchalant.

Profondément secoué, Marc-André s'élance dans la rue de l'Oasis en essayant d'oublier sa fâcheuse rencontre. «Je peux pas croire que mon frère Christian a décidé lui aussi de vivre dans ce quartier minable!» grogne-t-il en tournant brusquement sur Dodgson. Mais c'est peine perdue: les propos de Fred résonnent dans sa tête et le narguent sans répit. Il ramasse un gros caillou et le lance rageusement sur une maison. Puis il sursaute, effaré par la violence de son geste. Dans un fracas d'enfer, une vitre vole en éclats.

La stridulation d'une alarme lui fait prendre ses jambes à son cou. Le cœur battant, le ventre en compote, il court à perdre haleine sans savoir où il va, la sueur ruisselant sur tout son corps.

○

Dans leur logement de la rue du Ruisseau, Isolde et Christian préparent la table du souper.

— Cette visite ne me dit rien qui vaille, grommelle Christian. Mon père avait une voix bizarre. Je n'ai pas envie d'essuyer une autre de ses offensives tendancieuses. J'aurais dû lui dire que tu ne te sentais pas bien.

— Mais je vais mieux. Mon dîner a mal passé, simplement. La nourriture de cégep, tu sais... Là, c'est toi qui es blanc comme un drap.

— Que veux-tu, ça m'énerve. D'ordinaire, il me convoque à son bureau ou au restaurant. Je me demande...

— À quoi bon te tracasser? Ils sont déjà en route.

— Pour qu'ils décident de s'inviter à l'improviste un mardi soir, il faut qu'il se passe quelque chose.

— Et si ton père avait changé d'idée à notre sujet?

— Mon père? Allons donc!

— Mais ta mère est de notre côté, elle finira bien par lui faire comprendre.

— Sans vouloir t'enlever tes illusions, mon amour, je te dis que cette visite cache autre chose. Il avait juré de ne jamais mettre les pieds ici. Et ça fait près de deux mois qu'il n'a pas donné signe de vie.

— Mais ta mère est venue quelquefois prendre de nos nouvelles.

— Ouais, en cachette et à la sauvette.

— Eh bien là, justement, ton père a téléphoné lui-même, tu devrais t'en réjouir au lieu de te ronger les sangs pour rien.

— Je ne me ronge pas les sangs pour rien, Isolde, tu le sais bien. Et tu as beau jouer les optimistes, cette visite t'inquiète autant que moi.

Le visage crispé par l'angoisse, la jeune femme se love dans les bras de son homme. Pourquoi se leurrer en effet? Fermant les yeux, elle sent ses entrailles frémir. Férocement hostile aux amours de son fils, M. Courchesne, père, essaie par tous les moyens de les briser.

Isolde est doublement soucieuse et, si Christian connaissait son deuxième sujet d'alarme, il angoisserait encore davantage. Elle retient un soupir et décide de taire ses doutes encore un temps.

○

— Ils sont encore plus fous que je pensais, par ici! mâchonne Marc-André en apercevant une grande tente grise plantée au fond d'un jardin. C'est quoi l'idée de camper en pleine ville?

À force de courir, le jeune homme s'est un peu calmé, mais le faubourg n'est pas remonté dans son estime pour autant. Il l'a sillonné au hasard sans regarder le nom des rues. Les maisons lui paraissent ternes, les boutiques, surannées, les églises, ridicules. Même le parc l'Oasis n'a pas trouvé grâce à ses yeux: il l'a jugé quétaine, avec sa fontaine et son terrain de pétanque. Il a parcouru le croissant aller et retour pour se retrouver sans trop savoir comment sur le chemin de la Falaise, qu'il a grimpé en soufflant. Il s'est arrêté pour respirer un peu et c'est de là-haut qu'il vient de remarquer en contrebas cette tente incongrue derrière une maison qui ressemble vaguement à la sienne.

Et tout à coup, il tressaille. Encore une fois, les images auxquelles il essaie d'échapper viennent le harceler à brûle-pourpoint et il ne veut pas y faire face. Sauf qu'il n'arrive plus à les chasser. Sa hargne le reprend de plus belle. Il aurait envie, encore une fois, de casser quelque chose. Malgré la frousse qu'il a ressentie lorsque la vitre s'est brisée tantôt, ce fracas prolongé par le hurlement de la sirène avait quelque chose de réconfortant: dans le vacarme, on ne peut réfléchir, tandis que, maintenant, les pensées qui se bousculent en lui le torturent. Les poings lui démangent.

Un besoin intolérable le submerge et il serre les dents. Puis il se secoue et reprend la marche en allongeant la foulée. Il s'efforce de faire bifurquer son esprit vers autre chose:

«Les vieux me jouent dans le dos, et je sens que je n'aimerai pas ça. Pour qu'ils se décident à aller chez mon frère, il faut que ce soit grave. Depuis mon retour, rien n'est comme avant: papa passe son temps en discussion avec son comptable ou son avocat. Et maman s'est transformée en *mater dolorosa*. Ou bien elle braille, ou bien elle me regarde comme si elle allait s'évanouir. Et si j'ose demander c'est quoi le problème, ils me jurent avec un sourire navré que tout va pour le mieux dans le meilleur des mondes: maudit que ça m'insulte! Je suis peut-être une cause perdue à leurs yeux, mais je suis tout de même leur fils, merde! Je peux comprendre que ça n'a pas été facile pour eux ces derniers mois, mais j'aurais bien voulu les voir dans mon enfer! Ce n'est pas eux qui se sont arraché le cœur tout ce temps-là. Bon, ç'a été douloureux pour leur porte-monnaie, je le sais, mais c'est tellement évident qu'ils n'y croient pas. Ils sont convaincus que je vais retomber. Je suis leur mouton noir, leur grand sujet de déception. Contrairement à mon frère le grand talent... Oh, mais attention: lui aussi est tombé en disgrâce dernièrement! Et pourtant, c'est chez lui qu'ils vont ce soir. Qu'est-ce que je donnerais pour savoir ce qu'ils trament!»

Pris de vertige, Marc-André s'agrippe à un arbre. Les maisons se mettent à bouger, à reculer, à basculer, la falaise se dérobe sous ses pieds. Le vide l'appelle, l'attire, cherche à l'aspirer. Il étreint l'arbre avec l'énergie du désespoir. Il transpire abondamment. Une peur désordonnée s'empare de lui, et une puissante décharge d'adrénaline se répand dans son système. Alors tout doucement, le paysage se remet à l'endroit et il reprend le contrôle de lui-même. Mais son effroi demeure au souvenir du magnétisme affolant qu'exerçait sur lui ce vide infini. Retrouvant tant bien que mal l'usage de ses jambes, il dévale la Côte-aux-Boulets pour essayer d'y faire échec.

○

Grisés par l'ambiance printanière qui imprègne le faubourg, les musiciens du *Vieux Carré*, une petite boîte de jazz sans prétention à l'angle des Églantiers et du croissant St-Rock, jouent sur la terrasse pour la première fois de l'année, sous les rayons obliques du couchant.

Assis à une table ronde non loin des musiciens, le Dr Louis Pontchartrain sirote son thé glacé avec une sorte de ferveur. Le trio vient d'attaquer *Swannee,* dont la fougue et la mélancolie le font vibrer en profondeur. La mélodie envoûtante ravive la nostalgie d'un passé heureux mais, hélas, révolu.

Un tourbillon polychrome s'agite soudain devant lui, le tirant de sa torpeur. Sa fille Karine lui effleure la joue d'un baiser, en tintant de tous ses bijoux de pacotille – courant d'air revivifiant qui amène un sourire affectueux sur le visage fatigué du docteur.

— Salut papitou, murmure-t-elle d'une voix urgente, ses cheveux blonds valsant sur sa nuque. J'étais certaine de te trouver ici. Faut que je te parle. Tu m'offres une limonade?

Elle s'assoit en face de son père, qui fait signe à un garçon. Une minute s'écoule avant que Karine ne soit servie. Des applaudissements éclatent, puis le trio se lance dans une autre pièce.

— Et alors? demande-t-il avec sollicitude.

Aspirant avec sa paille, Karine boit d'abord quelques gorgées. Puis elle prend un grand respir et attaque:

— Ç'a plus de maudit bon sens, papa! J'en ai assez de vos engueulades! C'est rendu que je peux plus dormir...

Elle se vide le cœur pendant plusieurs minutes, ses yeux verts exprimant toute l'émotion que sa voix s'efforce de contenir pour ne pas trop attirer l'attention.

— ... alors, c'est simple, je déménage. Autrement, je vais capoter.

Le docteur encaisse sans broncher. La pièce s'achève avec brio et, sous les sifflements d'appréciation, le guitariste, le trompettiste et la violoncelliste se présentent mutuellement, petits solos à l'appui, avant de partir en pause. On passe le chapeau dans un bourdonnement de conversations. L'air vibre encore des chaudes sonorités des instruments.

— J'apprécie que tu prennes la peine de me prévenir, dit le docteur en pesant ses mots. Et où t'en vas-tu?

La tendresse sous le sarcasme de son père n'échappe pas à Karine et la décontenance un peu.

— Pas très loin, enfin, tu verras bien! répond-elle en bondissant. En attendant, j'ai besoin de lâcher un peu de vapeur.

Elle a reconnu l'introduction grinçante, mais combien entraînante, de *Johnny B. Goode,* qui se déverse fortissimo des haut-parleurs, et elle se trémousse déjà. La voix de Chuck Berry en fait lever d'autres et on pousse les tables pour leur céder la place. Sourire aux lèvres, clients ou passants d'âge plus mûr battent des mains et chantent *Go Johnny go!* en cadence, revivant les bons moments qu'ils ont passés au temps de leur jeunesse folle à danser eux aussi sur ce rock endiablé.

Toujours assis, le docteur soupire. Les paroles de Karine lui trottent dans la tête. «Elle a raison, ça n'a plus de sens», admet-il en la regardant virevolter.

Les yeux fermés, les cheveux volant en tous sens, la jeune fille se laisse étourdir par la musique. Même s'il est d'une époque révolue, *Johnny B. Goode* est son rock préféré entre tous et jamais elle n'y résiste. Pendant deux minutes et demie, rien d'autre n'aura d'importance pour elle que de laisser ces accords s'infiltrer en elle, activer sa circulation, renouveler son énergie, remplir ses oreilles, la prendre tout entière. Après cela, elle sera plus aguerrie contre les tuiles de la vie quotidienne.

Mais voilà que, venu de nulle part, un jeune homme aux allures de bolide fait irruption sur la piste, semant coups de poing et coups de pied sur son passage. Non content d'interrompre les danseurs, il renverse une table et deux chaises, envoyant voler verres, plats d'olives et cendriers, bousculant les clients, criant, à la cantonade:

— La vie c'est de la pourriture, vous voyez pas? Vous êtes bouchés ou quoi? Regardez autour de vous!

Des cris de panique fusent. Craignant qu'il ne soit armé, certains fuient sans demander leur reste. Animé d'une haine pareille, Dieu sait jusqu'où il pourrait aller! D'autres sont paralysés par la peur. Serveurs et serveuses ont figé sur place avec leurs plateaux. Quelqu'un a arrêté la musique, mais Marc-André continue de mettre sens dessus dessous tout ce qui lui tombe sous la main. Il fonce maintenant vers les instruments, ciblant le violoncelle de ses poings menaçants.

C'est alors que le Dr Pontchartrain se lève posément et plante ses yeux dans ceux du forcené. Sa corpulence et l'air d'autorité qu'il dégage font effet, et on se déplace pour lui laisser la voie. Subjugué, le jeune homme cesse ses ravages et se met à trembler. Sans jamais quitter son regard, le docteur lui agrippe le bras. Marc-André se débat violemment, mais deux serveurs accourent à la rescousse.

— Il n'est pas armé, dit le médecin après l'avoir fouillé rapidement. Apportez-lui de l'eau. Il a seulement besoin de se calmer.

Mais le patron n'est pas d'humeur à servir quoi que ce soit à un malotru qui vient de chasser sa clientèle et de chambarder son établissement.

— Tu vas me payer ça, jeune voyou! rugit-il en gesticulant. J'ai appelé la police.

— Laisse tomber, Émile, c'est un mineur et il n'a pas de papiers d'identité sur lui. Je le prends en charge. Je m'arrangerai pour qu'il rembourse les dégâts.

Marc-André comprend qu'il vaut mieux ne pas faire de vagues. Réprimant sa frénésie, il se laisse entraîner de l'autre côté de la rue, en direction de l'hôpital, par cet homme à la poigne solide. «Un docteur! fulmine-t-il. Comme si je n'avais pas fait ma part pour la médecine, ces derniers temps!» Écumant de colère, il demeure à l'affût, se réservant le droit de décamper à la première occasion.

Sauf que le gynécologue n'a justement pas l'intention de le laisser filer. Jetant un œil à sa montre, il constate qu'il lui reste quarante minutes avant l'heure de ses rendez-vous. Quarante minutes qu'il aurait normalement consacrées à son souper. Mais ce jeune ne peut être laissé à lui-même dans un tel état de surexcitation. Les grandes écluses ne sauraient tarder. Comme de fait, le voilà qui se met à pleurer au beau milieu de l'allée qui mène à l'hôpital. Relâchant son emprise, le Dr Pontchartrain étudie son protégé: mince sans être maigre, de taille moyenne, pas laid, cheveux bruns taillés en brosse touffue, jean de bonne coupe, T-shirt à l'effigie du capitaine Haddock, blouson léger. «Quel drame vit-il donc pour être amené à des gestes aussi extrêmes et contraires à sa vraie nature?» se demande l'homme, perplexe.

Fâchée d'avoir été interrompue par ce trouble-fête que son père a pris sous son aile, Karine les suit des yeux. Les phrases que l'inconnu a criées à la ronde résonnent encore dans sa tête, et voilà tout à coup qu'elles font vibrer ses cordes sensibles. Elle se sent interpellée par la révolte qui bouillonne en lui.

Elle décide d'en avoir le cœur net. Elle veut connaître celui qui a eu le cran de mettre en mots ce qu'elle ressent confusément depuis des mois. «Il a raison, mâchonne-t-elle. La vie, c'est de la pourriture.»

2

Révélations

La sonnette retentit. Les chiens se précipitent et Christian les suit tandis qu'Isolde s'assure d'un coup d'œil que tout est prêt pour le souper.

— On est en retard, maugrée Bertrand Courchesne en entrant. Un embouteillage monstre sur le pont. Maudits travaux!

— En venant de Brossard, vous rouliez en sens inverse du trafic, non?

— Quelle importance? intervient Isolde. Nous avons préparé un plat qui peut mijoter longtemps.

— Marc-André n'est pas avec vous?

Les parents échangent un regard furtif.

— Il s'en vient, répond Aline d'une voix hésitante.

— J'ai des choses à te dire avant son arrivée, chuchote Bertrand à son fils. En fait, il faut que je te parle seul à seul.

— Oh non, pas encore! Il me semble qu'on a fait le tour de la...

— Ce n'est pas ce que tu crois, Christian. Pour ta vie de couple, on s'est fait une raison, ta mère et moi.

Aline vient pour protester. Elle qui approuve les amours de son fils depuis le premier jour déteste se faire mettre aussi cavalièrement dans le camp de son mari. Cependant, elle pince les lèvres et se tait.

— Allons plutôt dans le jardin, propose Christian. On causera tous ensemble...

— J'ai dit qu'on s'était fait une raison, pas qu'on était au septième ciel, précise Bertrand, bougon. Pour ce dont je veux discuter, mieux vaut rester à l'intérieur. Je veux te parler entre quat'z'yeux.

— Alors viens dans le salon, invite Christian à contrecœur.

— Sers-moi donc un scotch, Christian. Double, et sans glaçon.

— Désolé, papa, j'ai seulement de la bière. Question de moyens.

— Va pour la bière alors.

— Et vous, madame? demande Isolde.

— Mon Dieu que ça fait guindé de se faire appeler comme ça! gémit Aline en suivant Isolde dans la cuisine. Appelle-moi par mon prénom je vais te montrer ce que j'ai apporté... c'est joli votre logement.

— Il nous plaît beaucoup, dit Isolde. C'est petit, mais très ensoleillé.

— C'est pour ça que tes plantes sont en santé les miennes ont du mal je n'arrive pas à les réchapper elles meurent toutes.

Isolde porte les bières aux hommes en se demandant ce qui rend Aline aussi nerveuse. Elle parle trop vite, s'interrompant parfois à mi-mot pour prendre un semblant de respiration et repartir de plus belle. D'ailleurs, une tension règne aussi au salon. Perplexe, la jeune femme retourne à la cuisine où Aline l'apostrophe à mi-voix:

— Viens que je te raconte Isolde il se passe des choses graves...

Mais, voyant Christian entrer pour prendre un plat de noix, elle enchaîne sur le gâteau et le ragoût de boulettes qu'elle a apportés.

— À tout hasard je t'ai copié les recettes.

— C'est gentil, je connais peu la cuisine québécoise. Justement, il y a une chose que je voulais vous demander: pourriez-vous m'apprendre à faire les tourtières d'ici à Noël? Je sais bien que c'est longtemps d'avance, mais...

Aline se rembrunit et Isolde se demande si elle n'aurait pas commis un impair. Christian retourne au salon.

— Mon Dieu que ça sent bon! s'exclame Aline, qui se lève précipitamment pour cacher ses larmes. C'est quoi? fait-elle en soulevant le couvercle de la marmite. Un mets de ton pays?

«Mais qu'est-ce qui les rend aussi malheureux tous les deux?» se demande Isolde en sortant les hors-d'œuvre du frigo.

○

— Ça pourrait aller mieux, déclare Bertrand sans ambages.

Pris au dépourvu, Christian attend la suite. Bertrand affiche généralement une assurance à toute épreuve; c'est un leader naturel reconnu pour ses interventions rapides et efficaces. Un homme formé sur le tas, qui s'est taillé au fil des ans une réputation de compétence en gestion de projets. Pour Christian, cependant, cette confiance en soi à outrance a toujours été la pierre d'achoppement de leur relation. Il n'accepte pas que son père ne remette jamais rien en question. Tout est toujours clair pour Bertrand et, une fois qu'il a adopté une position, il n'en démord pas. Alors que Christian, au contraire, réévalue périodiquement les situations qui le confrontent et procède aux ajustements nécessaires. L'hésitation qui perce aujourd'hui dans la voix de son père le surprend donc passablement.

— Marc-André a un problème de drogue, Christian.

La confidence a jailli, brutale, trahissant le désarroi total.

— Depuis quand? demande Christian, qui tombe des nues.

Le père esquisse un geste d'ignorance.

— Tout ce que je sais, c'est que le 13 décembre dernier, il nous a tirés du lit en pleine nuit, dans un état pitoyable. Il s'est jeté dans les bras de ta mère en criant: *J'ai peur, ça ne peut pas durer!* Il était si incohérent que ça nous a pris un moment à comprendre...

Christian sent que son père souffre et se tait.

— Alors je l'ai saisi aux épaules et je l'ai secoué. Je lui ai dit que je prenais tout en charge, que son cauchemar était fini... Mais c'est là que le *nôtre* a commencé. On le surveillait sans arrêt. Ta mère s'est mise à se reprocher son laxisme envers lui, à s'accuser de n'avoir rien remarqué. Là-dessus, je suis bien d'accord: me semble qu'on aurait pu voir venir.

— Vous n'aviez jamais rien noté d'insolite?

— Pas vraiment. Ça faisait quelques mois que Marc-André avait changé. Il était passé maître dans l'art de la provocation. Son humour tordu nous déplaisait mais, bon, tant qu'il s'en tenait à ça, on endurait. On prenait ça pour une toquade. Alors, quand il rentrait tard, on gardait notre calme. On n'insistait pas s'il refusait de nous accompagner quelque part. Lorsque ses notes ont baissé l'automne dernier, ta mère lui a offert de l'aide et il l'a si bien manipulée qu'elle a conclu que ça allait mieux. En réalité, il s'arrangeait pour lui faire faire ses travaux à sa place. Ses notes ont remonté, alors on a cru le problème réglé. Non, c'est idiot, mais on n'a jamais rien soupçonné.

Encore une fois l'émotion a raison de Bertrand.

— Avez-vous demandé de l'aide? veut savoir Christian. Consulté des médecins? Des psychologues? Il existe des groupes de soutien pour ceux qui vivent ce genre de difficulté...

— Il n'en était pas question. J'espérais qu'on réglerait le problème sans que... que ça se sache.

— Mais il me semble...

— En tout cas, on n'a consulté personne et on l'a aidé de notre mieux, tranche le père. Pas facile! On le suivait à la trace pendant la journée – enfin, surtout ta mère. On ne fermait plus l'œil de la nuit – on se levait à tout moment pour voir ce qu'il faisait. Il écoutait sa musique tard dans la nuit et s'endormait à l'aube – ça nous énervait mais on n'y pouvait rien. On contrôlait ses allées et venues et on se tourmentait quand il sortait; on se relayait à la fenêtre pour guetter son retour. On lui avait demandé de laisser sa bande d'amis, et je pense qu'il l'a fait. Certains étaient *pushers*. Ton frère nous a avoué l'avoir été, lui aussi, mais on a passé l'éponge et, pendant quelques semaines, tout a semblé bien aller.

— Il n'avait pas de symptômes de sevrage?

— Je te dis, tout *avait l'air* de bien aller.

— *Avait l'air*...

— Voilà. En fait, ça n'allait pas du tout. Un soir, à la fin de février...

En rentrant du travail ce jour-là, Aline et Bertrand avaient trouvé Marc-André inconscient au sous-sol. Dans l'énervement de l'arrivée des secours, ils n'avaient rien remarqué mais, en revenant de l'hôpital, ils avaient constaté la disparition d'un guéridon en bois de rose de style jacobin et d'une grosse commode en chêne à cinq tiroirs qui avaient appartenu à l'arrière-grand-père d'Aline. Deux antiquités.

— Il les avait vendus pour acheter de la cocaïne. Et quand il s'est rendu compte de ce qu'il avait fait, il a voulu en finir...

Christian a une boule dans la gorge. Son père paraît si abattu qu'il craint le pire. Et soudain une bouffée de colère monte en lui.

— Pourquoi vous me l'avez caché? accuse-t-il. Je suis son frère, bon sang! Quand je pense à toutes les fois où tu m'as invité au restaurant ou à ton bureau pour discuter de tu sais quoi... sans rien me dire.

— Ta mère aurait voulu, mais je n'étais pas d'accord.

— Allons donc! fait Christian en frappant le bras de son fauteuil.

Trois respirations, histoire de retrouver un semblant de calme.

— Alors, qu'est-ce qu'ils lui ont fait à l'hôpital? questionne-t-il.

— Ils l'ont soigné et, quand il a été guéri, ils l'ont envoyé en cure dans un centre spécialisé. Avec notre accord, bien sûr, et nos gros sous. Ça fait six jours qu'il est rentré.

Bertrand s'arrête un instant, puis il murmure:

— Mais c'est pas vivable... Cette cure... je vais te dire bien franchement, Christian, je n'ai pas grande confiance... Quand on est allés le chercher, les intervenants du centre nous ont d'ailleurs laissé entendre que la partie n'était peut-être pas gagnée. Marc-André est de plus en plus cinglant. On vit sur une tension constante. Ta mère se rend malade avec ça, et avec tout le reste aussi... Et moi, eh bien...

Le dos se voûte et la voix n'est plus qu'un souffle rauque:

— ... je suis au bout de mon rouleau...

Sans un mot, Christian pose une main compatissante sur l'épaule de son père. À quoi bon lui rabâcher de ne pas l'avoir averti plus tôt? Bertrand doit avoir entendu sa question muette, car il ajoute:

— Pourquoi tu t'imagines qu'on est ici aujourd'hui, Christian? On va avoir besoin de ton aide. Et bien plus que tu crois.

Tournant la tête vers son fils, il ajoute:

— Parce qu'il y a autre chose aussi. J'espérais que ça s'arrangerait, alors je tenais ça mort... Il y a juste ta mère qui est au courant, par la force des choses... Mais là... Disons que j'ai... subi... euh! appelons ça des revers de fortune. Ça se dessinait depuis un an et demi, mauvaises créances, clients non solvables, actions en bourse dont la valeur chutait... Je colmatais les brèches comme je pouvais mais, dernièrement, les choses ont dégénéré à un rythme affolant.

Bertrand lève vers son fils un visage navré.

— Christian, je me suis fait laver. J'ai plus une cenne qui m'adore.

3

Dans de beaux draps

Affalé dans un fauteuil, mains dans les poches, Marc-André met en pratique une technique que les paladins[1], dans le temps, avaient mise au point pour pouvoir survivre aux réprimandes qu'ils subissaient, hélas! trop souvent, tant à l'école qu'à la maison. Il s'agit d'éteindre ses capteurs sensoriels et de se dissocier totalement de l'espace-temps où on se trouve, pour focaliser intensément sur un événement

---

1. Les paladins étaient des chevaliers errants du Moyen Âge.

passé. Ainsi, après avoir donné (pas le choix) ses coordonnées (nom, adresse, téléphone) au bon docteur, il est revenu à l'été de ses dix ans et s'est absorbé à retrouver la folie d'un des derniers beaux jours du temps de l'insouciance. Les paroles du docteur lui parviennent donc considérablement déformées, comme si elles traversaient une zone de brouillage avant d'atteindre ses tympans. De cette façon, le radotage de ce parfait étranger, à qui il doit de ne pas se retrouver au poste de police, devient presque supportable.

Ce jour-là, le chef avait décidé de teindre son chat en vert. Pourquoi? Parce que, chaque fois que le matou avait le malheur de faire la sieste sur le sofa vert du salon, sa mère piquait une crise, à cause des poils jaunes qui s'y incrustaient. La solution était donc de teindre le chat de la couleur du sofa. Vert, quoi! Les paladins avaient donc payé une petite visite à sa grand-mère, qui colorait justement ses cheveux en bleu, et, entre les biscuits maison noyés de verres de lait dont elle les gavait, le chef avait réussi à subtiliser en douce un flacon de Loving Care. *L'opération teinture avait eu lieu le soir même dans le garage de Marc-André, et le pauvre chat avait rendu l'âme le lendemain. Le chef avait passé le reste de l'été au camp.*

Un frisson le secoue et cela suffit à le ramener dans le présent. Les paroles du doc retrouvent le chemin de ses oreilles et s'enregistrent:

— C'est une question de conscience, Marc-André. Comment veux-tu que je te laisse repartir en connaissant la violence qui t'habite? Donc, de deux choses l'une: ou bien j'appelle tes parents pour qu'ils viennent te chercher...

— Impossible, proteste Marc-André. Ils n'ont rien à voir avec ça!

— ... ou bien je te réfère à un spécialiste qui établira un diagnostic de ton état mental et décidera ce qu'il convient de faire.

Marc-André sent le monde chavirer autour de lui.

— Pas ça, docteur, plaide-t-il, la voix tremblante. Ce serait désastreux. Euh..., je vais me calmer. Je ne casserai plus rien et je vais vous rembourser les dégâts.

Il se lève pour mieux se défendre, mais ses jambes flanchent et il doit s'appuyer au bureau derrière lequel le docteur le regarde droit dans les yeux.

— Ce que j'aimerais comprendre, Marc-André, c'est pourquoi. Qu'est-ce qui t'a amené à agir comme tu l'as fait?

— La *rrrhage*! explose l'adolescent, qui se pince les lèvres de dépit, car la réponse a fusé sans qu'il puisse la retenir.

— La rage? Qu'est-ce qui t'enrage à ce point?

— La vie! La mort! L'hypocrisie! crie-t-il. La guerre. La connerie humaine! L'injustice. Le monde est tout croche!

Confus de ce jaillissement de paroles qui le surprend lui-même, Marc-André s'interrompt, se rendant compte qu'avec une réponse pareille il pourrait se retrouver dans une camisole de force.

— Rassieds-toi, dit le docteur gravement, j'ai peut-être un troisième choix à te proposer. Mais avant, je voudrais que tu comprennes bien la portée de tes actes, et je ne parle pas seulement de la vaisselle brisée et des tables renversées, mais aussi de la panique qu'ont ressentie les gens à la terrasse, tantôt. De telles expériences peuvent être traumatisantes, voire fatales. Un cardiaque, par exemple, aurait pu faire une crise.

— Faut pas charrier! bougonne Marc-André.

— Personne ne pouvait deviner si tu étais armé ou pas. La peur engendre parfois des malheurs. Prends seulement les gens qui dansaient... Ma fille était parmi ceux-là. Elle adore la danse, et tout à coup, paf! fini le plaisir! Elle réagit comment, tu penses? Même si elle n'en meurt pas, quel effet ça aura sur elle de s'être fait couper le sifflet comme ça?

Fermant les yeux, Marc-André secoue la tête. Il voudrait recourir à nouveau à la dissociation, mais c'est impossible. Le docteur laisse son regard filer vers l'infini, puis il reprend doucement:

— Quand je t'ai vu à l'œuvre, tantôt, je me suis dit: ce garçon a besoin d'aide psychiatrique. Ce que tu viens de me dire modifie un peu mon jugement. Vois-tu, il y a pas mal de choses qui m'enragent, moi aussi. La cruauté envers les enfants. La corruption. L'intolérance. Les agressions, les guerres et le fait que la communauté internationale soit impuissante à les enrayer. Comme toi, j'ai horreur de l'hypocrisie et l'injustice me dégoûte. Et ce que je supporte encore moins, c'est l'indifférence devant ces phénomènes. Le moins qu'on puisse dire de toi, c'est qu'ils ne te laissent pas indifférent, conclut le docteur. Ta rage, en soi, est donc positive. Ce qui est malsain, c'est la façon dont elle s'exprime. Il y a des manières constructives de faire agir sa rage.

«Ça va faire, le sermonnage!» s'exaspère Marc-André.

— Alors voici le marché que je te propose, reprend le docteur. Je paie pour les dégâts que tu as causés au *Vieux Carré*. Et toi, pour me rembourser, tu consacres du temps à un travail constructif au cours de l'été. Je ne peux encore préciser quoi, mais ce sera ici dans le faubourg.

— Wô, docteur! Vous rendez-vous compte que, de Brossard, ça me prend une heure pour venir jusqu'ici et une autre pour retourner?

Le docteur balaie l'objection du revers de la main.

— Je prends un risque en te proposant ça, Marc-André. Peut-être es-tu réellement un fou en liberté... C'est la qualité de mon instinct que je joue avec ma proposition. Reviens me voir la semaine prochaine. Remarque, si tu préfères que j'appelle tes parents ou mon collègue...

○

Karine fait les cent pas dans l'aile de la maternité de l'hôpital St-Rock. Du salon du personnel, des bruits de voix lui parviennent. C'est surtout son père qui parle. Elle n'entend pas ses paroles, mais en devine l'effet, elle que son papitou consolait si bien, naguère. Une déception, un bobo, une mauvaise note à l'école, c'est auprès de lui qu'elle cueillait du réconfort. Il prenait toujours le temps de la rasséréner. Elle l'adorait à l'époque. Elle l'aime encore aujourd'hui, bien sûr, mais à seize ans on ne va plus pleurer dans le giron paternel à la moindre broutille. Karine règle ses problèmes elle-même, maintenant.

La nostalgie de son enfance lui revient soudain et les larmes lui montent aux yeux. Mais elle se secoue. Cette ère est révolue. Aujourd'hui, le mot PAGAILLE s'inscrit en lettres de feu à l'entrée de la maison. Et ses parents passent tellement de temps à se disputer qu'ils n'en ont plus pour leur fille.

Elle sursaute tout à coup et tend l'oreille. La porte s'ouvre et l'adolescente n'a que le temps de s'embusquer dans un recoin.

— C'est du vulgaire chantage! marmotte Marc-André entre ses dents.

Il sort en trombe et prend sa course jusqu'aux ascenseurs. Il appuie sur le bouton d'appel mais, apercevant l'escalier juste à côté, il s'y engouffre et le descend quatre à quatre. Karine attrape l'ascenseur au vol. Émergeant au rez-de-chaussée, elle aperçoit Marc-André dans les portes tournantes. Elle emprunte la sortie des fauteuils roulants, puis ralentit en le voyant s'arrêter. Dans la pénombre du crépuscule, l'adolescent essaie de s'orienter. Le tête-à-tête avec le doc lui a donné la migraine. Il regarde sa montre et sursaute. Dix-neuf heures trente! Il imagine l'inquiétude de ses parents. «Bien bon pour eux!» grogne-t-il, maussade. Il songe à l'engagement qu'il vient de se mettre sur les épaules et il serre les dents d'impuissance.

Il ne trouve même pas, au fond de sa poche, les vingt-cinq cents nécessaires pour téléphoner à Christian et demander le chemin. Perplexe, il regarde à gauche, puis à droite, cherchant un point de repère. «Eh bien tant pis, je vais par là. Si c'est la mauvaise direction, ils m'attendront! Un peu plus ou un peu moins...»

Comme le temps a fraîchi, il boutonne son blouson et s'engage vers la gauche en ronchonnant:

— Pourvu que du Ruisseau croise des Églantiers.

— Du Ruisseau, c'est à droite! claironne, dans son dos, une voix gouailleuse qui le fait sursauter.

Furieux d'avoir parlé tout haut, il se retourne brusquement, et tombe face à face avec Karine, qui le dévisage effrontément. Il cherche les mots pour lui régler son compte mais il ne bafouille que des sons inintelligibles. Il l'a reconnue immédiatement... celle qui dansait, la fille du doc. Mais que diable fait-elle là?

— Mais si c'est pour te rafraîchir les esprits, glousse Karine, je te conseille d'aller plutôt du côté du fleuve; c'est par là-bas.

Et elle a le culot de se payer sa tête en plus! Marc-André sent la moutarde lui monter au nez, et la colère lui fait retrouver la parole.

— Toi, l'épouvantail à sonnettes, fais-moi grâce de tes sornettes.

Et il part d'un bon pas dans la direction qu'elle lui a indiquée, non sans l'entendre rire dans son dos.

— Hey, le poète! Ça t'écorcherait la langue de me dire merci?

Pour toute réponse, il accélère. Cette fille l'énerve avec ses pendeloques et ses bracelets qui tintent comme des grelots et avivent son mal de tête. Tout ce qu'il veut, c'est arriver chez Christian au plus sacrant, malgré l'angoisse de ce qui l'attend là-bas!

— Hum!

«Ah non, cette teigne ne va pas me talonner toute la soirée!» songe Marc-André en pivotant d'un coup sec, toutes griffes dehors. Mais il s'arrête, saisi par l'air sérieux de Karine qui jure avec son accoutrement tape-à-l'œil.

— Je veux juste que tu saches que je suis d'accord avec toi, dit-elle. Bien oui, quoi! Ce que tu as dit tantôt, au *Vieux Carré*, je suis entièrement d'accord. La vie, la pourriture, les gens bouchés.

— C'était toi qui te faisais aller comme une toupie maniaque?

— Tu peux bien parler de maniaque! rétorque-t-elle. J'ai pas besoin de tout saccager pour me défouler, moi. Je danse. Ça fait autant de bien, et je risque pas de me retrouver à l'ombre!

Marc-André tressaille violemment.

— De quoi je me mêle? s'écrie-t-il, furieux. Tes sermons, tu peux te torcher avec, O.K.?

Cette fois, c'est au pas de course qu'il décampe. Son pouls battant douloureusement contre les parois de son crâne, il traverse la rue. En lisant l'écriteau, il se rend compte qu'il vient d'atteindre du Ruisseau et tourne à droite. Au bout de deux maisons, il constate qu'il est dans la mauvaise direction. Il pousse un juron et rebrousse chemin. Revenu à l'intersection, il aperçoit Karine et remarque son expression malicieuse.

— Bon, d'accord, pour l'orientation, ce n'est pas ma journée, concède-t-il, avec l'impression d'avoir l'air complètement idiot.

— Bon, bien, je te souhaite de retrouver ta boussole un de ces jours. Et j'aimerais bien qu'on se reparle: j'ai l'impression qu'on s'entend sur le sens de la pourriture humaine. À propos, je m'appelle Karine.

Après quelques secondes, voyant qu'il n'a pas la moindre intention de se présenter à son tour, elle le plante là.

— Qu'il aille se faire cuire un œuf! maugrée-t-elle en s'éloignant d'un pas tranquille, sa longue jupe multicolore battant contre ses chevilles.

En proie à un véritable salmigondis de sentiments, Marc-André la suit un moment d'un regard incertain, puis il poursuit son chemin.

4

Déménagements

— Le voilà enfin! s'écrie Aline en entendant la sonnette. Marc-André! glapit-elle en
ouvrant. T'arrives donc bien tard!

Sans se donner la peine de répondre, Marc-
André entre d'un pas nonchalant en zyeutant
effrontément le logement et ses occupants.

— Tu as peur, hein, m'man? dit-il d'une
petite voix suraiguë, désagréable. D'ailleurs,
vous avez tous la chienne, avouez-le! Vous
vous demandez d'où je viens? Ce que j'ai fait?
Vous n'oserez jamais l'admettre, mais je lis la

question qui vous brûle les lèvres: est-ce qu'il s'est drogué? Est-ce qu'il est retombé dans son vice?

Il égrène un rire gras et les dévisage un par un.

— Eh bien, vous en serez quittes pour des suppositions! Tout ce que je peux vous dire, c'est que j'ai passé la dernière heure à l'hôpital.

— À l'hôpital! crie Aline, défaillante. Qu'est-ce qui est arrivé encore?

— Y a rien comme une bonne crise de nerfs pour remettre un gars sur le piton! vomit-il. Mais faites-moi le plaisir de quitter ces mines d'enterrement! Je suis là, enfin! Qu'on se réjouisse!

— Tu aurais dû téléphoner, remarque Christian.

Marc-André émet un sifflement:

— Wow! Le grand frère qui s'en mêle, maintenant! Y a pas à dire!

Apercevant tout à coup la table où ses parents, la mort dans l'âme, sont retournés s'asseoir, il s'exclame, sarcastique:

— Ben si c'est pas *cute*! Pôpa pis môman qui cassent la croûte avec fiston et sa princesse *chili con carne...*

— Ferme-la, Marc-André! coupe Christian, excédé.

— Ben quoi! Aimerais-tu mieux que je l'appelle «ta concubine»?

— Mon nom, c'est Isolde! précise celle-ci uniment tandis que, les dents serrées, Christian se dirige vers la cuisinière. Voici ta place, ajoute-t-elle en désignant un couvert.

— Assieds-toi, ordonne Bertrand d'une voix cassante. Et fais-nous grâce de tes sarcasmes. On doit se parler sérieusement.

Christian dépose une assiette devant son frère.

— Ouache! jappe Marc-André avec une moue dégoûtée. C'est quoi ça?

— *Cazuela de ternera y legumbres, con arepas,* autrement dit du veau et des légumes en casserole avec des galettes de maïs, le renseigne Isolde.

— Si vous vous imaginez me faire manger ça!

— C'est délicieux! affirme Aline. Et attends de goûter le dessert..., ça fond dans la bouche!

— Si je comprends bien, vous avez soupé sans moi!

— Ça s'adonne qu'on avait faim, rétorque Christian. Il était tard.

— Bon, bien, je me suis trompé d'adresse, râle Marc-André en se levant. Je ne reste pas ici une minute de plus.

— Tu bouges pas de là! tonne son père. Si tu veux jeûner, c'est ton affaire et je m'en fous pas mal, mais on a des choses à te dire et tu vas écouter.

Marc-André remarque enfin que sa mère a les yeux rouges et que la rudesse de son père camoufle une émotion mal contenue. Christian et Isolde ont un drôle d'air, eux aussi.

— Alors, on me fait des cachotteries? persifle-t-il en repoussant ostensiblement son assiette. Ce serait-y rendu que même les étrangères (mot ponctué d'un regard noir à Isolde) seraient au courant de secrets qu'on me cache, à moi? Mais on sait bien, je suis le drogué de service, le déshonneur de la famille, la racaille infecte...

— Tu te fais mal pour rien, lui souffle Isolde d'un ton indéfinissable, qui l'incite, malgré lui, à rencontrer son regard. *¡Basta!*

Il reçoit de plein fouet l'éclat intense de ses yeux sombres.

À grand-peine, Christian s'abstient de tout commentaire. Un lourd silence s'installe, accentuant le malaise autour de la table.

— Bon, bien, inutile de prolonger le suspense davantage, déclare Bertrand en se levant résolument.

Marc-André sent les autres se raidir. Sa mère sort son mouchoir. Son père se racle la gorge puis respire un bon coup:

— Marc-André, je sais pas trop comment t'annoncer ça, commence-t-il avec brusquerie. En quelque sorte, c'est une bonne nouvelle que j'ai à t'apprendre.

46

— Ça me paraît d'une évidence douteuse! grince Marc-André.

Son père le torpille du regard avant de lâcher la bombe:

— Marc-André, je suis ruiné.

Le jeune homme se pétrifie sur sa chaise. Malgré les indices qu'il grapille depuis quelques jours, jamais il n'aurait imaginé pareil désastre. Mais il n'a guère le temps de digérer la nouvelle, car son père se fait plus explicite:

— Depuis plusieurs mois, les affaires périclitaient et je limitais les dégâts comme je pouvais; j'ai hypothéqué la maison, emprunté au maximum sur ma marge de crédit. Mais en vain. Le mois dernier, la banque m'a signifié qu'elle ne pouvait plus financer mon déficit croissant, et... m'a forcé à liquider ma compagnie.

Il s'efforce valeureusement de sourire avant d'affirmer:

— Mon garçon, je suis content malgré tout. Oui, content, parce que j'ai effacé mes dettes. C'est ça, la bonne nouvelle. Je te passe les détails, disons simplement qu'il a fallu consentir à d'énormes sacrifices pour en arriver là. Alors voilà: j'ai trouvé un emploi.

— Eh bien, bravo! ricane Marc-André. C'est le nirvâna, quoi!

— Le hic, poursuit Bertrand en contenant son exaspération, c'est que cet emploi est en

Australie. Ta mère et moi, nous partons pour Sydney dans seize jours.

Subito, tout s'éclaire: Marc-André comprend les tensions à la maison, le dilemme de sa mère, déchirée entre ses devoirs d'épouse et de mère poule. «Ce voyage ne doit guère lui sourire», comprend-il.

La surprise passée, Marc-André se sent étrangement soulagé. Ses parents partis, il pourra respirer plus à l'aise. Leur envahissement perpétuel est pénible à supporter.

— On a fait le tour de la question, c'est la seule manière de s'en sortir la tête haute, enchaîne Bertrand. Ils ont besoin de moi tout de suite. Le problème, c'est que, pour rembourser les créanciers, il a fallu vendre la maison, la Lexus et la plupart des meubles.

Marc-André ne peut réprimer un cri. La maison en question, c'est le coquet cottage planté au milieu d'un jardin somptueux où il habite depuis sa naissance. Le soulagement fait place à l'inquiétude. «Qu'est-ce qui va m'arriver? J'ai seize ans. Je sors d'une désintox intensive.» L'angoisse lui broie les tripes: va-t-on l'envoyer dans un centre pour jeunes en difficultés? Il a l'impression qu'il n'y survivrait pas!

— Ah, je comprends! nasille-t-il, frémissant. C'est pour ça que vous m'avez payé cette cure! Comme de raison, c'est plus facile de jouer dans le dos des gens quand on les a pas dans les jambes.

— Une faillite aurait été bien pire, plaide Aline, et il aurait fallu déménager quand même.

Partagé entre la colère et la peur, Marc-André fulmine contre ses parents de ne pas l'avoir mis au courant. La vente de la maison le démolit. Déjà qu'il a dû rompre avec ses amis et changer son mode de vie du tout au tout depuis quelque temps, voilà qu'en plus on lui demande de renoncer à son chez-lui... Quelles autres bonnes surprises lui réserve-t-on?

Encore une fois, un silence chargé vient troubler l'atmosphère. À la fin, Marc-André ne peut plus supporter l'incertitude.

— Et moi dans tout ça? souffle-t-il en se levant d'un bond.

— À quelques détails près, tout est réglé, répond Aline nerveusement. Tu vas venir habiter ici chez Christian et Isolde nous t'avons inscrit à la polyvalente La Passerelle pour les deux derniers mois de ta quatrième secondaire, c'est vraiment mieux que de retourner à Brossard surtout avec les mauvaises influences que tu subis là-bas, mais si tu savais comme ça me crève le cœur de voir la f...

— Non, mais vous vous foutez de ma gueule! rugit Marc-André en frappant la table d'un vigoureux coup de poing. Vous voulez me forcer à moisir dans ce quartier de pouilleux pendant que vous allez jouer les pachas à l'autre bout du monde! Il n'en est pas question. D'abord, à quoi ça me servirait de croupir à l'école? Vous m'avez assez répété à quel point je suis nul! Bien c'est *fini* ce temps-là pour moi! Je ne suis pas un pion qu'on déplace à volonté. D'abord votre échiquier est pourri. J'ai mon mot à dire dans tout ça. Et ce mot-là, c'est NON!

Personne ne se donne la peine de ramasser l'assiette qui s'est fracassée en tombant, ou d'éponger le café qui a volé hors des tasses. Crachant le feu, Marc-André arpente la cuisine de long en large.

— Vous êtes impayables! aboie Marc-André, survolté. Vous roulez en carosse de luxe, vous sortez en grande pompe le samedi soir, vous donnez des fêtes somptueuses, vous vous habillez comme des princes... et, en même temps, vous concoctez la perte de tous nos biens.

— Tu crois que je l'ai fait exprès? réplique son père. T'imagines-tu que c'est de gaieté de cœur que j'ai signé, cet après-midi, la vente de notre maison?

— Parce que c'est signé!

— Oui, mon garçon, les déménageurs seront là mercredi prochain.

C'est la goutte d'eau qui fait déborder le vase.

— Ça me rend malade! vocifère Marc-André, sauf que je ne veux pas dégueuler dans cette maison sordide où vous voulez me faire habiter. Mais ça donne quoi de parler? Est-ce qu'on tient compte de l'opinion d'un bon à rien? Gênez-vous pas! Continuez de manigancer dans mon dos! Je vous préviens par exemple: je ne me laisserai pas faire comme ça. Mais pour l'instant, j'ai besoin d'air, et ça urge!

5

C'est un départ!

Grande effervescence à Mirabel en ce jeudi soir de mai. Les voyageurs enlacent ceux qu'ils laissent derrière. Réunie pour une dernière fois avant Dieu sait quand, la famille Courchesne essaie tant bien que mal de trouver les choses qu'il faudrait dire, mais les mots bloquent au fond des gorges. Une partie du message passe quand même, chacun devinant à peu près ce que trahissent les silences et les gestes d'adieu des autres.

— Bon séjour aux antipodes! crie Christian à ses parents qui se sont enfin décidés à traverser la barrière de sécurité.

Les deux frères se retrouvent seuls et Marc-André, lorgnant vers Christian, s'étonne de l'expression inhabituelle qu'il lit sur son visage. L'angoisse le tenaille: comment va-t-il pouvoir vivre avec ce frère aîné qu'il a à peine vu depuis sept ans, et cette Isolde qu'il connaît si peu? Se sentira-t-il jamais chez lui dans leur logement? La cohabitation s'annonce bien mal à ses yeux.

Sa flambée de révolte, le soir où son père lui a annoncé les bouleversements dans leur vie, a fait place à une résignation grincheuse. Malgré sa rancœur, il est forcé d'admettre que vivre chez Christian vaut mieux que l'éventualité sordide qu'il avait redoutée. Alors, après avoir cuvé sa fureur une partie de la nuit, il est retourné à Brossard et a employé les jours suivants à empaqueter ses vêtements et ses effets personnels. Sans décolérer pour autant. Au contraire, la hargne qu'il s'efforçait de garder en lui-même, se défendant d'ouvrir la bouche pendant de longues périodes, grandissait d'heure en heure, lui servait de nourriture, de stimulation et de sommeil, n'attendant que l'occasion de se manifester. Sauf que son entourage marchait sur des œufs, craignant justement un éclat et faisant tout pour l'éviter. Si bien que ce soir, resté seul avec Christian, il ressent une curieuse impression qu'il n'analyse pas très bien.

— Dis donc, Marc-André...?

«Ça y est, le grand frère décide de se prendre au sérieux! conclut le jeune homme en se blindant. Quelle sorte de discours sentencieux va-t-il me servir?»

— Écoute, si ça te fait rien, j'ai eu assez de sermons pour me durer deux vies dernièrement. Sacre-moi donc patience, veux-tu?

L'éclat de rire de Christian le prend au dépourvu.

— Hey, le p'tit frère, relaxe! *J'ai l'estomac dans les talons!* Appelles-tu ça un sermon?

○

— Je n'y comprends rien, Bobbie, gémit Isolde, ça fait huit mois que je prends la pilule. Mais depuis quelques semaines, je digère mal, j'ai les seins sensibles, j'ai toujours envie d'uriner... J'ai peur...

Les deux filles sont assises autour de la table de cuisine chez Bobbie, où Isolde s'est invitée à souper.

— Est-ce que tu continues à être menstruée?

— Oui mais pas comme d'habitude. Ça dure à peine plus d'une journée. Par contre, à tout moment j'ai d'autres pertes inexplicables.

— Mais qu'est-ce que tu vas faire si...? demande Bobbie.

— Si je suis enceinte, je garde mon bébé. Je serais incapable de faire autrement. Je sais bien que Christian n'a pas trouvé d'emploi permanent, mais je...

— Justement Christian, qu'est-ce qu'il en pense?

— C'est bien ça le pire, il ne sait rien encore.

Isolde explique à Bobbie ce qui arrive dans la famille Courchesne.

— Christian et moi, on n'a aucun moment d'intimité depuis deux semaines. Entre sa recherche d'emploi permanent, son travail au club vidéo et mes cours, il ne reste pas beaucoup de temps, et on avait prêté notre chambre à ses parents. Christian et moi, on dormait sur le divan-lit du salon, alors les conversations intimes, oublie ça! D'autant plus que Marc-André s'est installé dans la pièce qu'on utilisait comme bureau. Le logement est tout à l'envers. C'était déjà si petit...

Isolde a du mal à réprimer une grimace.

— Ça doit être un brin dur, compatit Bobbie.

— Il y a une bonne chose dans tout ça: les parents de Christian nous paient une pension pour Marc-André. Pas énorme, parce qu'ils traversent une crise financière, mais ça va aider.

— Et tu dis que Christian n'a pas d'emploi stable en vue?

— On le convoque à des entrevues. La compagnie Dienst Électronique, par exemple, l'a rencontré trois fois depuis un mois et Christian a l'impression que ça pourrait déboucher. Mais je ne me fais pas d'illusions, ça peut être encore long.

— Ça me paraît inacceptable qu'un gars avec un diplôme d'ingénieur travaille comme commis dans un club vidéo.

— Et pour un salaire de misère...

— T'en fais pas, il va trouver, assure Bobbie.

— Moi, je vais me chercher un emploi d'été, surtout si j'attends vraiment un bébé – avec tout ce qu'il va falloir acheter. J'aurais voulu en parler à Christian en premier, de mes doutes, je veux dire, mais ses parents l'accaparaient continuellement. Et là, je ne pouvais plus garder ça pour moi. Il y a ma mère, évidemment, mais, fragile comme elle est, je n'ai pas osé – après tout il n'y a rien de certain dans tout ça. Alors, Bobbie, c'est toi qui écopes...

— Et je suis contente. Ça faisait une éternité qu'on n'avait pas eu de tes nouvelles. On parle souvent de toi avec les autres. On n'ose jamais te déranger – une fille en pleine lune de miel...

— C'est vrai qu'on a négligé nos amis, reconnaît Isolde. Parle-moi de toi et de Félix...

Les yeux de Bobbie pétillent d'excitation alors qu'elle expose à Isolde leur grand projet d'aller étudier à Moncton en septembre.

— J'étudierais en théâtre, tu t'imagines! Et Félix, en musique. On ferait partie d'une troupe qui monte des spectacles multimédias. On s'en va trois semaines là-bas en juillet pour voir si ça peut marcher. Je te raconterai tout en détail quand on aura le temps mais là, j'entends la porte. Si c'est maman, tu permets que je la mette au courant de ton problème? Elle va sûrement pouvoir nous aider.

○

Attablés au casse-croûte de l'aéroport, les deux frères dévorent à belles dents. Et voilà que la conversation s'engage spontanément, comme si les années depuis que Christian a quitté la maison familiale n'avaient été que des minutes. Le grand frère paraît un autre homme: son sourire est plus léger, ses gestes, moins saccadés, son allure, plus naturelle, moins démesurée. Ils planifient leur été.

— On fera du vélo, dit Christian. On ira aux concerts en plein air au parc Herriman, et aux expositions à la maison de la culture. On s'arrangera pour assister aux spectacles gratuits du Festival de jazz et des Francofolies...

Ils bavardent de choses et d'autres, et Marc-André comprend brusquement à quoi correspondait l'expression étrange surprise tantôt sur le visage de Christian: le soulagement, qui se manifestait inconsciemment. Comme si le départ de ses parents lui enlevait, à lui aussi, un poids énorme.

Une demi-heure plus tard, tandis qu'ils sortent pour récupérer la Camaro de leur mère, seule épave réchappée du naufrage, Marc-André aspire un grand bol d'air et l'avenir lui paraît tout à coup un peu moins sinistre.

○

— J'ai pris mes anovulants sans manquer, affirme Isolde à Mme Arsenault qui est venue rejoindre les filles autour de la table. Même quand j'ai eu la grippe en mars, et que je ne pouvais rien manger, je me suis arrangée pour ne pas les oublier.

La sage-femme réfléchit quelques secondes.

— Elle a duré longtemps, ta grippe?

— Une bonne semaine. La fièvre était tenace. Le médecin a craint que ça dégénère en pneumonie. Il a fallu deux antibiotiques différents pour en venir à bout.

— Eh bien, je pense que je comprends: les antibiotiques peuvent parfois annuler l'effet des anovulants.

— Je ne comprends pas! s'écrie Isolde, fâchée. Pourquoi le médecin ne m'a-t-il pas prévenue quand il me les a prescrits? Non seulement je deviens enceinte sans le vouloir, mais en plus, je mets en danger la santé de mon enfant, en continuant à prendre les anovulants! Et concevoir un enfant pendant une grippe, ce n'est pas lui donner les meilleures chances non plus!

Les coudes sur la table, elle se prend la tête dans les mains, l'air paniqué.

— Je ne crois pas que ce soit dommageable pour ton enfant, la rassure Mme Arsenault. Tu as dû devenir enceinte au cours du cycle suivant ta grippe, donc après ta guérison. Et une fois que la fécondation a eu lieu, les anovulants n'ont aucun effet sur l'embryon. Tu vas d'abord passer un test, pour être bien certaine, mais si c'est ça, il ne faut pas t'inquiéter. Je vais m'occuper de toi. Je peux te prêter des livres et te conseiller une diète contre les nausées. Je vais suivre ta grossesse...

Mais c'est beaucoup à absorber d'un coup et Isolde paraît dépassée. Bobbie pose une main sur la sienne.

— Après avoir pris des antibiotiques, reprend Mme Arsenault, il faut attendre d'avoir épuisé une roulette complète d'anovulants avant de recommencer à avoir des relations sexuelles non protégées.

— J'ai compris, maman, glousse Bobbie en voyant le regard de sa mère posé sur elle avec insistance.

— On a passé des tests de sang, dit Isolde. On est séronégatifs tous les deux, alors on ne prend pas de condoms.

— Comment tu te sens, par rapport à ce bébé? murmure Bobbie.

Une expression singulière passe sur le visage d'Isolde.

— Je ne sais pas encore. Christian et moi, on veut au minimum quatre enfants. Mais c'était pour plus tard, lorsque j'aurais fini le cégep et qu'il travaillerait. Malgré cela, quelque part, je sais qu'on est prêts... J'ai presque dix-neuf ans – ma mère en avait seize quand je suis née. Et on s'aime tellement! Je suis très excitée à l'idée que je suis peut-être en train de fabriquer une vie. En même temps j'ai si peur. Je suis toute mélangée.

Bobbie se lève et vient lui entourer les épaules.

— On est avec toi... T'en fais pas, ça devrait bien aller.

Isolde réussit à esquisser un petit sourire.

— Ça m'a fait du bien de vous parler. Ce qui m'attriste, c'est qu'on ne l'ait pas fait volontairement, ce bébé, Christian et moi.

Christian! Une nouvelle bouffée d'angoisse s'empare d'elle. Comment va-t-il réagir? Puis elle songe à Marc-André, qui va partager avec eux ces mois d'attente, et son visage se rembrunit.

Malgré toute sa bonne volonté à son égard, elle trouve le jeune homme tout simplement odieux.

○

La Camaro file sur la 15 sud, en direction de Montréal.

— Marc-André, commence Christian prudemment, est-ce qu'on pourrait parler de ton problème de drogue?

L'adolescent se raidit. «Je le voyais venir avec ses gros sabots», songe-t-il, immédiatement sur la défensive.

— Le problème est réglé, élude-t-il sèchement. Y a rien à dire.

— Tu ne consommes plus, mais je sais que ça ne doit pas être facile. Et tu commences dans une nouvelle école demain...

— Wôlà! J'irai à l'école dans le temps comme dans le temps, si jamais ça vient qu'à me tenter. Mais sûrement pas demain!

— Mais voyons, tu vas devoir...

Allongeant le bras, Marc-André allume la radio et une rengaine entraînante de Kashtin envahit la voiture.

— Je voulais juste que tu saches qu'il y a des rencontres de *Narcotiques Anonymes* au sous-sol de l'église St-Rock les mercredis soirs, s'égosille Christian pour couvrir la musique.

Puis il se tait, se contentant de regarder à travers le pare-brise le firmament menaçant. Et voilà qu'une pluie drue s'abat sur le paysage.

— Regarde-moi la flotte! s'écrie-t-il en agrippant solidement le volant. Et les éclairs qui s'en mêlent! Tu entends ce tonnerre?

— Monte ta vitre, on se fait mouiller.

Ils roulent à travers un véritable feu d'artifice pendant quelques minutes, puis la pluie diminue et les éclairs s'estompent à l'horizon.

— Maudit que c'est collant!

Christian éteint brusquement la radio.

— Non mais, nous entends-tu, Marc-André! C'est idiot. On parle de pluie et de beau temps alors qu'on se torture en dedans avec des choses graves qu'on ne peut pas toucher. Comment ça se fait qu'on a pu jaser tantôt, en mangeant, et que ça devient impossible tout à coup?

— Parce qu'au casse-croûte tu violais pas mon intimité, crache Marc-André. Est-ce que je te demande comment tu baises, moi?

Quelques minutes d'un silence tendu, marqué par le retour en force de l'orage... Marc-André se retient d'appuyer sur le bouton de la radio. Sur l'autoroute inondée, les voitures avancent au ralenti. Christian allume ses clignotants d'urgence et circule dans la voie de droite, derrière une longue file de véhicules.

— Bon, reçois-moi, reçois-moi pas, reprend-il au bout d'un moment, mais j'ai quelque chose à te dire à propos de ma femme, Isolde.

— Ta femme! Vous n'êtes pas mariés, que je sache!

— On le serait si papa avait voulu. En ce qui me concerne, Isolde est ma femme.

— Tu veux me faire gober que papa te mène par le bout du nez! Laisse-moi rire!

— Ris tant que tu veux. Personne ne pourra jamais m'empêcher de faire ma vie avec Isolde. Papa ne me mène pas par le bout du nez mais, même à vingt-six ans, j'éprouve de la réticence à me marier sans son consentement.

J'aurais souhaité que ma femme soit la bienvenue dans ma famille. La mère d'Isolde me traite comme un fils. Et son père, du lointain Chili où il vit, nous a envoyé sa bénédiction et ses vœux de bonheur.

— Comme c'est chou! ironise Marc-André. Maman, elle?

— Maman nous appuie, mais elle n'est pas parvenue à ébranler les convictions de papa. Lui, il est persuadé que notre union est vouée à l'échec, que les différences culturelles engendrent des problèmes de couple insurmontables, qu'Isolde est beaucoup trop jeune pour moi. Il m'a dit: «Je ne te laisserai pas épouser cette fille, Christian. Et si tu le fais malgré tout, compte sur moi pour te mettre des bâtons dans les roues. Rompez tout de suite, ce sera plus simple.»

— Et il a le culot de vous demander de me prendre chez vous!

— C'est ni pour lui ni même pour maman que je le fais.

— C'est tout de même pas pour mes beaux yeux!

— Tu as la mémoire courte, petit frère. Tu as oublié Tartarin...

Surpris par le ton ému de Christian, Marc-André se tourne vers lui et le dévisage. Puis, lentement, un souvenir refait surface. Tartarin, le beau chien que Christian avait voulu adopter.

Christian avait alors treize ans et, chaque soir après la classe, il promenait le berger allemand d'un vieillard infirme qui habitait la rue voisine. Ce jour-là, en arrivant chez lui, il avait appris que M. Allaire venait de mourir.

— Il était seul au monde, le pauvre, lui avait dit le concierge. Alors, si tu veux son chien, il est à toi!

Marc-André se rappelle la joie de Christian lorsqu'il était entré dans le jardin avec Tartarin en laisse. Puis il frissonne en repensant aux foudres paternelles.

— Sors-moi ce monstre d'ici! avait tonné Bertrand en apercevant l'animal. J'haïs les chiens pour mourir, Christian, je peux pas les voir en peinture! Tu vas me faire le plaisir de le ramener là d'où il vient!

— S'il te plaît, papa! Il a rien coûté. Et c'est moi qui vais m'en occuper, payer sa bouffe.

— C'est pas une question d'argent! Je veux pas de chien. Un point c'est tout.

— C'est une bête docile. Et bien dressée.

Mais il avait beau plaider sa cause, son père demeurait inflexible.

— Pas question!

— Je te jure, papa, Tartarin fait jamais de dégâts!

— Va conter ça aux pompiers! Il souillerait la pelouse. Il rentrerait les pattes pleines de boue.

Il mordrait le facteur et japperait tellement fort que les voisins appelleraient la police. Sans compter les puces qu'il attraperait... Non, mon garçon. Pas de chien!

Malheureux comme les pierres, Christian avait ramené Tartarin chez le concierge, qui l'avait envoyé à la SPCA.

— Tu te souviens de ce que tu as fait, cette nuit-là, Marc-André? Je ne pouvais pas dormir tellement j'avais le cœur gros. Je pleurais comme un bébé et ça t'a réveillé. Alors tu es venu dans ma chambre et tu as déposé sur mon oreiller ton petit chien en peluche...

— Charlemagne! murmure Marc-André, plus ému qu'il ne le voudrait.

— Peux-tu croire que je l'ai encore? Si je te disais qu'il m'a servi de bouée à des moments difficiles?

Pendant plusieurs minutes, ils se taisent. Marc-André lutte contre une ridicule envie de pleurer. Christian finit par ajouter:

— Il y a des choses, tu vois, qu'on n'oublie pas. Et un frère reste toujours un frère, quoi qu'il arrive... Ce que je voulais te dire, à propos d'Isolde, c'est qu'elle est contente que tu vives avec nous. Sauf que vos premières conversations l'ont un peu démoralisée. Quand tu vas mieux la connaître, tu vas voir comme elle est formidable! Elle a beaucoup souffert et je me suis juré de la rendre heureuse... enfin, est-ce que je me fais comprendre?

Marc-André se secoue brusquement. Un peu plus et il se laissait amadouer par le ratourage de son frère. Ainsi Isolde s'est plainte! Il ne manquait plus que ça! Et Christian qui se mêle de le chapitrer! «Eh bien, ça promet!» songe le jeune homme avec amertume.

Se redressant dans son siège, il remet la musique à tue-tête. Il n'ouvrira plus la bouche de tout le trajet.

○

Il est vingt-deux heures trente lorsque le Dr Pontchartrain quitte son bureau. Tout en marchant sur les trottoirs lavés par l'orage, il réfléchit, comme chaque soir, à sa vie. Louis Pontchartrain a toujours besoin de cette marche vespérale qui lui permet, beau temps mauvais temps, de mettre de l'ordre dans ses idées avant d'entrer chez lui et de se blinder contre l'assaut qui l'attend. Il pense à Marc-André, qu'il a vu brièvement dans son bureau, cet après-midi. «Quel garçon pogné, mon Dieu! La rage au cœur qu'il entretient comme une attisée dans l'âtre prend des canaux extrêmes pour s'exprimer. Il est brusque, agressif et nerveux, il tremble. Il est réticent à parler de lui-même, de ses goûts, de ses loisirs, de sa famille. Et il devient carrément mauvais dès qu'on aborde le sujet des filles ou de l'amour.»

En traversant le parc, le docteur se rappelle avec mélancolie qu'Estelle et lui n'ont pas fait l'amour depuis longtemps. «Ça doit faire un an, soupire-t-il. Il faudrait pourtant qu'elle comprenne.» Il déplore énormément l'effet de cette crise sur ses rapports avec Karine.

Dans la rue Providence, il ralentit inconsciemment. Rassemblant son courage, il remonte l'allée en pavé uni qui conduit à sa maison, gravit les marches du perron. Il est sur le point de glisser la clé dans la serrure lorsque la porte s'ouvre brusquement.

— Mon espèce de courailleur! accuse Estelle, déchaînée. C'était qui, ce soir, hein? La belle Luce ou la jeune Mme Watier? Ou cette nouvelle patiente avec son mal imaginaire? On sait bien, ça ne répondait pas quand j'ai appelé... tu étais trop occupé, comme de raison...

Le docteur la pousse doucement à l'intérieur et referme derrière lui. Puis il tente de lui expliquer qu'il a dû aller à l'hôpital pour un accouchement... Elle n'écoute pas. Alors il la prend dans ses bras, tendrement et, tandis qu'elle débite ses accusations, il lui masse le dos, s'accrochant désespérément à l'illusion que peut-être, ce soir, elle va entendre raison. Mais elle se dégage farouchement.

— Tu oses me toucher, salaud?

Le docteur sait que tôt ou tard il perdra son calme. Il sait qu'il élèvera le ton et lui servira ses quatre vérités. Il sait qu'elle répondra par des accusations. Qu'ils en viendront à se déchirer. Que même au fond du jardin, Karine sera obligée de se boucher les oreilles pour ne pas les entendre. Il sait qu'en désespoir de cause il se réfugiera sous la douche, qu'Estelle lui lancera quelque chose au visage lorsqu'il en sortira, qu'il devra coucher dans la bibliothèque, qu'ils tomberont endormis d'épuisement, aussi malheureux l'un que l'autre, et que l'engueulade reprendra au matin là où ils l'auront laissée. Il sait aussi qu'ils s'aiment et qu'ils ne peuvent vivre l'un sans l'autre.

Et il sait, surtout, qu'ils sont condamnés à subir cet enfer tant et aussi longtemps qu'elle refusera de se soigner.

6

La Passoire

Le mardi de la semaine suivante, Karine, qui dévore son petit déjeuner à la cafétéria de La Passerelle, manque tout à coup de s'étrangler avec sa brioche. «Je dois avoir la berlue! s'exclame-t-elle intérieurement. Mais c'est mon type à la brosse, le protégé de papa!» Elle détourne légèrement sa chaise, histoire de le garder dans son champ de vision sans alerter son amie Véronique, qui sirote un chocolat chaud à côté d'elle. Appuyé à une colonne en plein milieu de la café, Marc-André examine les lieux sans complaisance. «Mais qu'est-ce que j'ai à m'énerver comme ça?» se demande la jeune fille, surprise de sentir son cœur battre la chamade.

— Tu es arrivée plus tard que d'habitude, remarque Véronique.

À regret, Karine ramène son regard vers sa copine.

— J'ai été prendre une douche à la maison, et mon père a voulu me convaincre de revenir. Mais par le peu que j'ai vu, la situation est loin de s'être améliorée. C'est pas demain la veille que je vais redéménager.

— J'sais pas comment tu fais pour coucher là-dedans. Viens donc chez moi comme je te l'ai offert. J'ai un lit qui niaise dans ma chambre depuis que ma chère sœur étudie à Ottawa. Me semble que tu serais mieux là que dans ta... Hey! quelle mouche te pique? s'affole Véronique en voyant sa camarade se lever précipitamment.

— Faut que je passe aux toilettes! ment Karine. Tu serais gentille de ranger mon plateau. Allez, on se revoit en maths à la deuxième période. Saa-ha-lut!

Et de partir à l'épouvante. Elle a décidé de relancer Marc-André, qui vient de quitter la café. Tout le temps qu'elle causait avec sa copine, elle ne l'a pas quitté des yeux, si bien qu'elle a pu réagir dès qu'il s'est mis en mouvement. Elle le suit jusqu'à la porte du labo de chimie.

— Tiens, tiens, comme on se retrouve! lance-t-elle, moqueuse.

Se retournant brusquement, il la reconnaît et fait une petite moue qui, avec un peu d'imagination, pourrait passer pour un sourire. En fait, Marc-André est soulagé que le premier visage connu ne soit pas celui de Fred. C'est justement la perspective de le rencontrer qui lui a fait reculer à la limite l'échéance de l'école. Sauf que Christian l'a ni plus ni moins bouté hors du logement ce matin, en lui signifiant que les vacances avaient assez duré. Marc-André a sérieusement considéré la possibilité de faire l'école buissonnière, mais il a fini par se rendre aux arguments de son frère. Son horaire traîne dans sa chambre depuis quelques jours et Christian lui a fait un plan détaillé de la polyvalente pour qu'il s'y reconnaisse. C'est ainsi qu'il n'a pas eu à aller faire le pitre au secrétariat de l'école en arrivant. Il a même son numéro de casier, le 903.

— Je me demandais si tes idées sur l'humanité avaient évolué depuis l'autre fois, enchaîne la jeune fille.

— Et comment donc! C'est pire que pire dans ce quartier.

La cloche enterre les derniers mots, mais Karine capte les vibrations négatives qui émanent du jeune homme lorsqu'il parle.

— Et ici à La Passoire, précise-t-il, j'ai découvert la quintessence de la pourriture.

— Y a rien là! pouffe Karine. Tout le monde finit par rencontrer Double-V un jour ou l'autre.

Une ombre d'incrédulité passe dans le regard de Marc-André. De quoi parle-t-elle, cette cinglée qui se promène jusque dans l'école avec ses jupes à l'ancienne et ses bijoux cliquetants? *W*? Pourquoi pas *X*, *Y* ou *Z*?

Un flot d'élèves émergent des escaliers, les bousculent pour entrer dans la classe, mais ils ne les voient pas. La deuxième cloche les surprend, debout l'un devant l'autre, à se dévisager encore, les yeux ronds comme des billes. Alors ils se secouent. Elle entre dans le labo d'un pas décidé, plantant là son interlocuteur grognon. Il y entre à son tour, et s'installe sur un tabouret libre derrière le comptoir du fond.

— Bonjour, dit Mme Falcon. Avant de commencer, je vous signale la présence d'un nouvel élève, Marc-André Courchesne, qui nous arrive de la Rive-Sud. Bienvenue chez nous, Marc-André.

«Marc-André! C'est un prénom trop gentil pour un aussi grossier personnage, rumine Karine. Moi, je l'aurais appelé Jaws ou Terminator. Certains parents sont vraiment trop naïfs.» Malgré cela, ce garçon l'intrigue. Elle a encore senti très clairement son extrême agressivité et rêve d'en comprendre la cause. Un autre facteur qui excite sa curiosité: elle l'a croisé la semaine dernière alors qu'il sortait du bureau de son père à l'hôpital. Elle ne lui a pas parlé, il ne l'a pas vue, mais si son père s'occupe de lui, Karine conclut que Marc-André en vaut la peine. Le Dr Pontchartrain est généralement bon juge de caractères.

«Est-ce que je serai capable de *toffer* jusqu'à la fin de juin dans cette polyvalente infecte? se demande Marc-André. La chimie me pue au nez. En plus, tout ce qui s'appelle école me frustre au plus haut point. Par-dessus le marché, les élèves de cette passoire me font chier. Et les profs aussi, tant qu'à y être.» Il réprime l'impulsion de marteler le comptoir à coups de poing. «Cette manie qu'ils ont de me reluquer comme si je venais d'Orion.»

Il arrive mal à suivre l'expérience de titrage que la prof fait devant eux. Il entend vaguement... indicateur coloré, phénolphtaléine, pH acide ou basique... Mais ça ne correspond à rien. Aucune notion ne lui revient des cours suivis jusqu'ici. «Ma mémoire est un troublant trou blanc», songe-t-il.

Le cours de maths se révèle aussi désastreux. Plus rien ne lui reste de ce qu'il a étudié avant. C'est sûr qu'il a manqué deux gros mois et même davantage, mais comment se fait-il que tous ses acquis passés lui fassent défaut, également? Un découragement viscéral s'empare de lui. «Je ne serai jamais capable! gémit-il. Jamais.»

Il se rend sans enthousiasme au local gigantesque où a lieu, de onze heures à midi, l'étude obligatoire. «Soixante minutes de niaisage! soupire-t-il. Pourvu qu'on puisse dormir.»

Justement pas. Manque de pot. Un petit maigre à l'air austère se plante à l'avant de la salle d'étude.

— Fais pas juste semblant de travailler, lui glisse à l'oreille une voix familière. Ballard a des yeux tout le tour de la tête. Content de te retrouver, bonhomme! Comme ça, t'as lâché la Rive-Sud pour de bon?

«Ah non, pas lui!» désespère Marc-André.

— Ouvre un cahier et écris dedans, sinon gare à la retenue.

Marc-André obéit à contrecœur. Il n'a envie que d'une chose: déguerpir. Et pas seulement à cause de Fred. L'école lui semble tellement puérile après le centre de désintox, où ils étaient au plus vingt-cinq, animateurs compris. Ici dans cette polyvalente, il n'est qu'un numéro parmi deux mille cinq cents élèves. Personne ne sait qui il est. L'avantage, c'est que nul ne connaît son secret non plus. À l'exception de son voisin de droite, qui lui glisse en douce un message: *Midi à l'entrée des casiers. J'aurai ce qu'il faut, comme dans le temps.*†

Marc-André pâlit. Son cœur bat. Une chaleur inconfortable l'envahit, l'étourdit. Il se sent tout mouillé. Il se lève et se dirige en chancelant vers l'avant de la classe.

— M'sieur, je... me sens mal, balbutie-t-il. Je peux aller aux toilettes?

Ballard le toise sans bienveillance.

— Tiens, un nouveau! s'écrie-t-il de sa voix de stentor. On peut savoir ton nom, jeune homme?

En proie à une nausée croissante, Marc-André se nomme d'une voix inaudible. Sourire perfide aux lèvres, le surveillant tend ostensiblement l'oreille.

— Pardon? Je n'ai pas bien compris.

— **MARC-ANDRÉ COURCHESNE!** tonne le garçon, excédé.

— Regardez-moi ce petit malin! ricane Ballard en prenant les élèves à témoin. Ça se prétend malade et ça crie à faire branler les murs. Je connais l'astuce. Jeune homme, on ne me la fait pas, à moi, celle-là! Retourne à ta place, et que je ne te reprenne pas à...

Il s'interrompt en voyant Marc-André devenir vert. Le garçon aperçoit *in extremis* une corbeille à papier et n'a que le temps de se jeter au-dessus avant que les haut-le-cœur n'aient raison de lui. Les élèves se figent, à l'exception de Fred qui accourt.

— Je l'emmène aux toilettes, monsieur. Puis à l'infirmerie.

— Oui, Fred, merci, fait Ballard, sèchement, pour cacher son dépit. Les autres, tonitrue-t-il, remettez-vous à l'ouvrage et que ça saute!

○

Dans son logement, Isolde n'en mène pas large, elle non plus. Elle a un examen de littérature à préparer mais n'arrive pas à se concentrer. Elle passe son temps à bâiller. Elle a mal dormi la nuit dernière. Il y a quelques jours, elle s'est enfin décidée à faire analyser son urine, et la réponse est venue: positive.

Elle n'a encore parlé de rien à Christian. Tout va si mal depuis que Marc-André vit avec eux. Une tension à tailler au couteau oppose les deux frères à chaque instant et à tout propos. L'adolescent agit effrontément, tant avec elle qu'avec Christian. Non seulement verbalement, mais par ses actions aussi. À plusieurs reprises, il a laissé sortir les chiens hors du jardin et il a fallu les courir dans les rues du faubourg. Il ne se gêne pas pour vider les réserves de provisions, même en pleine nuit, et Christian doit souvent faire un saut au dépanneur au réveil pour qu'ils puissent déjeuner. Marc-André reste sourd à tous leurs appels à sa bonne volonté. «On a encore du chemin à faire avant de devenir un trio harmonieux», soupire Isolde.

— Tu devrais faire un peu d'exercice! recommande Christian à son frère. C'est pas normal, me semble, de rester affalé toute la journée sur ton lit comme ça.

Mais Marc-André continue comme si de rien n'était. Jusque tard dans la nuit, il écoute du hard rock dans sa chambre, porte fermée.

Voilà donc pourquoi Isolde ne s'est pas encore sentie à l'aise de confier son secret à Christian, qui contrôle mal son irritation. Et pourtant elle ne pense qu'à ça! Elle goûte pleinement la sensation de porter une vie en elle. Et elle a très hâte de la partager avec lui, mais elle tient à ce que la confidence soit un moment heureux. «Peut-être les choses vont-elles s'améliorer maintenant que Marc-André va à l'école», espère-t-elle.

Aujourd'hui, Christian, qui devait passer une série d'entrevues pour d'éventuels emplois, a quitté la maison de bonne heure, effleurant d'un baiser la joue d'Isolde qui sommeillait encore.

— À ce soir, mon amour, bonne journée.

Elle a fait une moue qu'il n'a pas remarquée. Elle aurait voulu planter un grain d'expectative dans son esprit, du genre: «Prépare-toi, je vais avoir une grande nouvelle à t'annoncer.» Mais les mots ne sortaient pas. Et s'il allait se fâcher? De la grossesse elle-même, ou du fait qu'elle lui ait caché ses premiers soupçons. «Je vais pourtant devoir lui parler!» rumine-t-elle.

Tout cet énervement a tellement déréglé son système digestif qu'elle n'a presque pas pu étudier. Pourtant, la matière du cours lui plaît. Les romans de Michel Tremblay, d'Anne Hébert, de Germaine Guèvremont et de Louis Caron lui font connaître autant de visages de son nouveau pays. Mais tant que Christian ne sera pas au courant, elle aura l'impression de vivre dans un entre-deux. Elle espère qu'il rentrera avant Marc-André, pour qu'ils aient quelques minutes à eux seuls.

Vers quatorze heures, elle commence à se sentir mieux et décide d'aller se promener, pour la plus grande joie des chiens. Un soleil câlin sème des parcelles de diamant sur la façade des boutiques. Cédant à une impulsion, la jeune femme s'arrête chez un fleuriste de la rue des Églantiers et en ressort avec un bouquet de fleurs fraîches. Pleine d'énergie tout à coup, elle rentre à la maison et prend une douche. Puis elle revêt un ensemble en satin dont le vert pomme met magnifiquement en valeur ses cheveux noirs et son teint basané. Quelques gouttes de parfum complètent sa toilette.

Elle fait jouer un disque de guitare, plein de rythme et de sonorités sud-américaines. Et soudain, une puissante bouffée de désir se répand en elle. C'est une sensation qu'elle a déjà ressentie, mais jamais aussi profondément. Elle se sent tellement femme tout à coup, avec ses seins sensibles, son ventre qui tressaille chaque fois qu'elle évoque sa grossesse, et son cœur qui bat à tout rompre à l'idée de l'annoncer à Christian. Assise à sa table de travail, elle tente vainement d'étudier.

○

— Viens-tu à *L'Arc-en-ciel*? propose Karine à Marc-André en descendant l'escalier après la dernière période de l'après-midi. C'est un resto le fun, tu vas voir. Ils font jouer de la musique alternative originale. On va être une dizaine. Ça te permettra de connaître du monde. Et tu nous expliqueras comment ça se fait que tu atterris chez nous à la fin de l'année, comme ça.

«J'ai le choix, se dit Marc-André, tuer le temps avec ces abrutis ou rentrer dans un logement où je suis étranger, pour subir un frère qui se prend pour un autre et sa blonde qui a de la misère à me sentir.» Il a un troisième choix qu'il s'efforce de chasser de son esprit. Combien de temps pourra-t-il résister? «Fred! se lamente-t-il intérieurement tandis qu'il se dirige avec Karine vers la salle des casiers. J'avais bien besoin de te retrouver sur mon chemin, toi!» Il se rappelle avec un frisson ce qui s'est passé à l'infirmerie le midi.

Il voulait rester seul, mais Fred ne décollait pas. Puis l'offre fatidique est venue:

— T'es en manque et je peux te soulager. Et je te chargerai rien.

Marc-André a failli se remettre à dégueuler d'indignation.

— J'ai fini de suer à cause de toi, O.K.?

— T'as rien compris, bonhomme. Tu m'as jamais laissé expliquer. T'as peur de regarder la vérité en face. T'as trop honte d'admettre que tu t'es sauvé comme un lâche. Mais je t'en veux pas... je suis même prêt...

— Si y en a un qui a peur de regarder la vérité en face, c'est toi. Peux-tu te mettre dans la tête, une fois pour toutes, que j'embarque plus dans tes gamiques, mon maudit drogué...

Vif comme l'éclair, Fred l'a attrapé au collet et l'a forcé à se lever du lit où on l'avait fait étendre.

— *Tu te la fermes!* a-t-il sifflé, l'œil mauvais. Y a des endroits où le silence est d'or. Dans les polyvalentes, par exemple. Et je suis pas plus maudit que toi, O.K.? Je suis malade et toi aussi. Toi comme moi, on est pognés avec cette maladie-là pour le restant de nos jours. Autant te faire à l'idée tout de suite. Veux, veux pas, bonhomme, on est ensemble là-dedans!

Il l'a maintenu solidement, au point de lui couper le souffle, pendant plusieurs secondes. Puis il l'a lâché, sa colère dégonflée comme par enchantement.

— Je *sais* que je pourrai jamais arrêter, a-t-il affirmé, sourdement, et Marc-André a surpris dans ses yeux une furtive lueur d'angoisse. Alors pourquoi j'essayerais?

— Tu es aussi capable qu'un autre, a crié Marc-André, désespérément.

Mais Fred secouait la tête de gauche à droite, l'air désillusionné.

— Je vais te dire, on peut très bien faire sa vie avec.

— Oui mais quelle sorte de vie? Une vie sans but, sans émulation, en marge et à la remorque de la société, à devenir de jour en jour plus dépendant et moins autonome. Bel avenir à envisager!

— Ils t'ont lavé le cerveau dans ton centre. T'es pas obligé de gober tout ce qu'on te dit, tu sais!

— Justement, alors ménage ta salive.

— Sauf que moi je te connais! Je te connais assez pour savoir qu'un jour tu vas en venir à la même conclusion que moi... Et ce jour-là...

— **Ta gueule, *calvâsse*!**

— ... je serai là pour répondre à tes besoins. Le soir après les cours, j'aide le concierge à la salle des casiers. T'as qu'à venir, bonhomme.

Il est parti sans se retourner. Bouleversé, aux prises avec une tentation lancinante et insidieuse, Marc-André avait des sueurs froides dans le dos.

Et là maintenant, tout de suite, tandis que Karine attend sa réponse en jacassant comme une pie, un terrible duel se joue en lui. Il suffirait de presque rien pour qu'il coure vers Fred quémander la substance magique. Celui-ci s'approche justement, déplaçant consciencieusement la poussière avec sa vadrouille. Leurs yeux se croisent une seconde.

Alors Marc-André se tourne vers Karine.

— D'accord! accepte-t-il. À *L'Arc-en-ciel* ou ailleurs, faut bien s'emmerder quelque part, non?

7

La cigogne s'annonce

Seize heures trente. Une clé dans la serrure. Le marqueur d'Isolde fige au-dessus des notes de cours. «Pourvu que ce soit Christian!» espère-t-elle de toutes ses forces.

— Y a quelqu'un?

C'est lui! Isolde se précipite à sa rencontre. Fougueuse, elle lui saute au cou et l'embrasse sur les lèvres.

— Tu sens bon! murmure-t-il lorsqu'elle le relâche.

— Viens! presse-t-elle, fébrile. J'ai quelque chose à te dire.

Christian n'a que le temps de balancer son manteau sur la patère avant d'être entraîné au salon.

— Tu ne sais pas quoi? demande-t-elle, en se collant contre lui sur le sofa. J'ai une grande nouvelle à t'annoncer.

Christian se dégage pour la regarder. Jamais il ne l'a vue aussi belle! Il ne se lasse pas de détailler les traits de son visage, ses yeux noirs si expressifs, ses lèvres charnues, son nez légèrement retroussé, ses pommettes saillantes, son front lisse... Cet éclat particulier qu'elle a aujourd'hui! Intrigué, il joue le jeu:

— Non, je ne sais pas. Quoi donc?

— Serre-moi, supplie-t-elle. J'ai besoin que tu me serres bien fort.

C'est alors qu'elle fond en larmes. Christian se demande s'il n'est pas l'objet d'une hallucination. L'instant d'avant son visage rayonnait, et la voilà qui pleure!

— Mon amour! chuchote-t-il, bouleversé, en la prenant dans ses bras. Qu'est-ce qu'il y a? C'est Marc-André?

— Mais non, ça n'a rien à voir!

Interloqué, il l'entend rire à travers ses larmes. Plus émouvante qu'elle ne l'a jamais été. Alors il la soulève et la porte dans leur chambre. Submergés tous les deux par la même vague de désir, ils s'enlacent au creux du lit. Passionnément, leurs corps se cherchent, se stimulent, s'attendent, puis s'éclatent dans le plaisir.

— Jamais tu ne m'as fait l'amour comme ça, Isolde.

— C'est pour te dire merci, Christian. Merci d'avoir pris le temps de m'apprivoiser, sans me brusquer... Merci de m'avoir aidée à découvrir... tout ça... à mon rythme. *Me gusta tanto ahora...* (Ça me plaît tellement maintenant...) Je t'aime... *Mi amor... tengo que decirte...* (Mon amour... il faut que je te dise...)

— Quoi donc, ma chérie? demande Christian, troublé par le tremblement au fond de sa voix. Qu'est-ce qu'il y a?

— Nous allons avoir un bébé...

Sa voix casse et elle s'interrompt, mais au moins c'est dit!

— Qu'est-ce que tu racontes? s'exclame Christian en se soulevant sur un coude. Ce n'est pas possible.

— Mais si...

Soulagée de pouvoir enfin se confier à lui, Isolde raconte les antibiotiques, ses premiers doutes, son test, sa visite à Bobbie, ses malaises...

— Pas de doute, j'attends un bébé, quelque part en janvier prochain.

Au tour de Christian d'avoir les yeux humides. Il la reprend dans ses bras et leur désir renaît, fulgurant.

○

— C'est toi qui habites là-dedans! s'esclaffe Marc-André.

Karine a fait un détour par chez elle et Marc-André reconnaît la tente qui l'avait frappé lors de sa première visite au faubourg.

— Bien oui! Et puis?

— Puis rien. Chacun ses goûts...

— C'est pas une question de goûts, mes parents... euh, mes parents sont insupportables. C'était ça ou la fugue.

Marc-André ne peut réprimer un sourire. «Le bon doc a donc des défauts cachés, lui aussi!» songe-t-il, sardonique. Mais Karine l'impressionne par son cran.

— Tu veux visiter?

Voyant qu'il hésite, elle ajoute:

— T'inquiète pas, je vais pas te sauter dessus, t'es absolument pas mon genre. D'ailleurs, si ma mémoire est bonne, c'est plutôt moi qui devrais m'inquiéter...

— Mets-en! gouaille-t-il en la suivant à l'intérieur. Quand je pense que tu m'invites à t'accompagner dans un restaurant, si ça se trouve. Y a pas à dire, tu vis dangereusement.

— Je prends un risque calculé. Comme je te disais, on va être une dizaine.

— T'as un chum?

— Non, et j'en veux pas non plus. Toi, as-tu une blonde?

Sans répondre, Marc-André prend un disque qui traîne sur le sac de couchage, près du *discman.*

— Tiens, tiens, tiens! persifle-t-il. Si c'est pas *Johnny B. Goode*!

— Mets les écouteurs si tu veux l'entendre.

— Tu veux que je pique une crise?

— Quoi! C'était à cause de ça?

— Bien non, je te tire la pipe. Ce n'est pas une toune qui me plaît tellement, mais je m'en fous, quoi! Comme je disais, chacun ses goûts.

— Moi, cet air-là me fait bouger. Tu m'as vue: la danse, c'est mon défouloir. C'est mieux que de tout casser, non?

— Quand je casse, c'est déjà un moindre mal...

Karine perçoit de l'amertume dans ses paroles et elle attend qu'il s'explique, mais comme il se tait, elle l'entraîne:

— Viens-t'en! Les autres doivent être déjà rendus.

Elle fait jouer la fermeture à glissière et ils partent d'un bon pas. Mais Marc-André reçoit un coup au cœur en arrivant à *L'Arc-en-ciel* lorsqu'il aperçoit Fred dans le groupe que rejoint Karine!

— C'est bien la première fois qu'il se joint à nous, celui-là! s'étonne la jeune fille. Il reste toujours dans son coin. Bien coudonc! Plus on est de fous...

○

La porte d'entrée s'ouvre et claque brusquement.

— Ça pue donc bien le parfum ici dedans! ronchonne Marc-André.

— Salut mon petit frère, fait Christian en sortant de sa chambre. Et alors, ce premier jour d'école? Viens dans la cuisine, tu vas me conter ça en préparant le souper. Isolde est en train de se faire une beauté.

Il se lave les mains en sifflotant et sort le wok qu'il dépose sur un rond de la cuisinière, sans remarquer que son frère s'est esquivé.

— Je nettoie et tu tranches, ça te va?

— Fie-toi pas trop à mes talents de cordon-bleu, lance Marc-André depuis sa chambre.

— Cette fois, je le prends pas! explose Christian en allant le chercher. Écoute, garçon! Ça fait un mois qu'on te bichonne sans que tu lèves le petit doigt! J'en ai jusque-là de te voir te pogner le cul à cœur de jour.

— Je te ferai remarquer que j'ai passé la journée à l'école...

— École ou pas, ce soir tu m'aides à faire le souper ou tu passes en dessous de la table. C'est-y clair?

L'empoignant par le bras, il le traîne dans la cuisine.

— O.K., O.K.! Pars pas en peur!

— T'as fini de te faire servir comme à l'hôtel! Allez, ça s'apprend, assure Christian en souriant. (Coup sur coup, il lui lance une grosse courgette, deux carottes et trois branches de céleri qu'il vient de laver.) Coupe-moi ça, je m'occupe des oignons.

— Qu'est-ce qu'on mange? Pas encore des légumes sautés dans l'huile! Le moins qu'on puisse dire, c'est que le menu manque d'originalité dans cette cambuse. Des plans pour virer végétariens...

— Pas de panique! On va ajouter un reste de poulet; il y a un peu de riz, aussi. Avec un soupçon d'épices mexicaines, on devrait concocter quelque chose de potable. Tiens, on va napper le tout de fromage râpé et passer ça au gril quelques minutes. Tu diras pas que j'essaye pas de te satisfaire. Hein, qu'est-ce que t'en penses?

N'y tenant plus, Marc-André lâche la question qu'il retient depuis son arrivée:

— Coudonc, qu'est-ce que tu fais en robe de chambre à cette heure-ci? Tu as été malade ou quoi?

— Pas du tout, répond Christian avec un clin d'œil, Isolde et moi, on vient de commencer notre famille...

Marc-André hésite d'abord à comprendre, puis il rougit violemment.

— C'est beau, l'amour, poursuit Christian. Je te souhaite de connaître ça, un jour. Ça rend heureux.

— Oh, la ferme, veux-tu!

Un petit silence chargé. Christian se sent perplexe devant la détresse de Marc-André.

— Changement de sujet, comment tu as trouvé La Passerelle? As-tu eu l'occasion de rencontrer Double-V?

Marc-André s'ébroue, exaspéré. Encore!

— Va-t-on m'expliquer à la fin c'est quoi, ce fameux *W*?

En rigolant, Christian y va de quelques explications sur la notoire Mme Visvikis, qu'il a connue l'hiver où il a enseigné à La Passerelle.

— Au début, elle m'aimait bien, la Vis-qui-visse, mais j'ai baissé dans son estime quand j'ai commencé à sortir avec Isolde. En fait, elle m'a flanqué à la porte.

— J'espère qu'elle va me faire le même plaisir et que ça prendra pas trop de temps. Non, mais, c'est-y assez plate, l'école! Même avant, j'haïssais ça. Et c'est encore pire ici. Je serai jamais capable.

— Deux mois manqués, ça se rattrape!

— Deux mois! Allons donc, j'ai rien foutu de l'année! Veux-tu bien me dire, Christian, ce que je fais assis dans une classe? Il serait temps de passer à autre chose, me semble. J'en ai marre d'étudier.

— Ça te prend un DEC, minimum, si tu veux faire une carrière intéressante.

— Qui te dit que j'ai envie d'une carrière?

— L'instinct fraternel. Je te vois mal végéter toute ta vie. Pas avec ton énergie et tes capacités. Est-ce qu'il y a quelque chose qui te tente? Un domaine qui t'intéresse particulièrement?

— Je sais juste ce que je veux *pas* faire.

— Toujours ça de pris. Trouve quelque chose dans ce qui reste.

— Wô! Pas de morale! J'y suis allergique.

— C'était une simple suggestion.

— On sait bien, tu as toujours été bon en classe, toi!

— J'ai eu de la misère, comme tout le monde. J'ai bûché en masse. Imagine-toi pas que ça m'est tombé tout cuit dans le bec.

— Mais tu étais doué! Papa me l'a assez rabâché: *Christian comprenait du premier coup, lui! T'as des croûtes à manger si tu veux rattraper ton frère!* Et autres gentillesses du genre.

— As-tu déjà coulé une seule matière?

— Non, mais ça s'en vient. De toute façon, j'ai rarement eu plus que la note de passage. Ce qui équivalait à un échec aux yeux de notre cher paternel. Même quand j'arrivais par miracle à remonter ma moyenne, il voyait seulement l'écart infranchissable entre tes super notes de bollé et mes déplorables résultats de cruche.

— C'est le fait qu'il nous ait comparés qui est déplorable.

— Il n'a jamais cru en mes capacités...

L'arrivée d'Isolde crée une diversion. Ils achèvent les préparatifs du repas et s'assoient bientôt devant des assiettes appétissantes. Les fleurs décorent joliment la table. Sentant l'ambiance plus détendue que d'habitude, la jeune femme se prend à espérer.

Tout au long du repas, Marc-André remarque les regards complices qu'échange le couple. Puis au dessert, Christian demande:

— Que dirais-tu de devenir oncle, Marc-André? Wô! Pas de quoi faire une crise! On veut juste que tu saches qu'Isolde attend un bébé.

Marc-André tombe en bas de sa chaise.

— Vous avez l'air contents de votre coup, par-dessus le marché! fulmine-t-il. Vous travaillez pas ni l'un ni l'autre, on habite un logement grand comme ma main et vous vous mettez à faire des petits! Sans compter vos deux molosses qui prennent pas mal trop de place à mon goût. Franchement, j'ai bien de la misère à vous suivre là-dedans.

Mais ce soir, le jeune couple n'a pas l'intention de laisser ternir son allégresse par les propos acides de Marc-André.

— J'ai l'intention de trouver du travail bientôt, affirme Christian.

— Moi aussi, renchérit Isolde. Pour l'été.

— L'enfer est pavé de bonnes intentions, marmonne Marc-André.

— J'ai eu des entrevues encourageantes, aujourd'hui, assure Christian.

— Ils t'ont dit: *On vous fera signe, monsieur Courchesne. Pas la peine de nous rappeler, on a vos coordonnées,* ânonne Marc-André d'une voix nasillarde. Ce que tu sais pas, c'est qu'ils ont mis ton CV au panier dès que t'as repassé la porte.

— Ils vont le rappeler, j'en suis sûre, opine Isolde.

— Et pour ce qui est du logement, dit Christian, on déménagera si ça devient trop petit. Un bébé prend pas tant de place...

— Mais ça braille! Ô les belles nuits blanches en perspective!

— Je te vois très bien lui donnant le bibe-ron! plaisante Isolde pour alléger l'atmosphère. Ou lui changer sa couche. Je sens que tu as des dispositions naturelles.

Christian sourit mais Marc-André grimace.

— Vous allez m'excuser mais je vais aller digérer la bonne nouvelle dans ma chambre, ironise-t-il en se levant.

— Wôlà! proteste Christian, y a de la vais-selle à laver.

— Coudonc, toi, me semble que t'es payé pour m'héberger...

Livide, Christian bondit. La gifle atteint Marc-André en pleine face. Pendant quelques secondes, les deux frères s'affrontent du re-gard. Isolde n'ose intervenir.

Puis Marc-André laisse tomber d'une voix aigre:

— C'est tellement évident que je suis de trop dans votre vie!

Attrapant son blouson, il sort en claquant la porte.

Le cœur à l'envers, Christian se poste à la fenêtre et suit son frère des yeux. S'approchant de lui, Isolde lui prend la main et la serre dans la sienne.

Une angoisse sourde a éteint leur eupho-rie.

8

Meeting et partage

Marc-André descend lentement l'escalier qui mène au sous-sol de l'église. À reculons. Il n'avait pas la moindre intention d'y venir lorsqu'il est sorti de chez Christian, mais ses pas l'ont conduit à la grande bâtisse en pierres grises de la rue Guillaume-Tell. Puis il a vu entrer un homme; et deux autres. Une femme. Des gens à pied, en autobus, en voiture. Et enfin un jeune d'une vingtaine d'années dont les allures de rocker l'ont intrigué. C'est ce qui l'a décidé.

Un bourdonnement de conversations lui parvient du local, dont la porte est ouverte. En y mettant les pieds, il se sent étouffé: la pièce est étroite et munie de fenêtres trop petites. Il combat l'impulsion de faire demi-tour. «Tant qu'à être venu jusqu'ici, rumine-t-il, je vais tout de même essayer de voir ce qui se passe dans ces meetings à la con.»

Il demeure à l'écart, le regard critique. Il y a une trentaine de personnes en tout. Quelqu'un vient à sa rencontre.

— Salut, moi, c'est Jean-Guy.

Marc-André serre la main qu'on lui tend.

— C'est la première fois que tu viens?

— Oui.

Une atmosphère amicale règne dans la salle. Pour la plupart, les participants se connaissent, et certains se donnent l'accolade. Marc-André en éprouve une pointe de jalousie. Il se sent étranger. «L'histoire de ma vie, bougonne-t-il. C'est pareil à l'école, dans le faubourg en général, et chez Christian.»

— Salut, lui dit une jeune fille. Je m'appelle Noémie.

Au bout de quelques minutes, une femme d'âge mûr se rend à l'avant et les autres prennent place sur les chaises disposées en demi-cercle autour d'elle.

— Bonsoir et bienvenue... à tout le monde, commence-t-elle d'une voix légèrement hésitante. Pour ceux qui ne me connaissent pas, mon nom est Adèle et je suis... dépendante. Il y a dix-huit mois, j'ai découvert *Narcotiques Anonymes* et, depuis, je suis en rétablissement. En prenant les journées... une à la fois, j'ai réussi à me refaire une vie... sans drogue. Je vous présente... Colette, qui a accepté d'être notre secrétaire pour les prochains mois. On va procéder à la lecture des douze étapes. Est-ce que les personnes à l'avant pourraient les lire... à tour de rôle? En commençant par Daniel.

Dans le recueillement, les personnes désignées s'exécutent. Marc-André est vaguement agacé par la ferveur avec laquelle ces hommes et ces femmes détachent les syllabes, en faisant ressortir les mots clés. Comme pour mieux mordre dedans, comme pour mieux les ancrer dans leur tête, comme pour mieux s'y accrocher.

— Je vous remercie, reprend Adèle. Bon, je vais faire un simple rappel des... principes qui s'appliquent à nos meetings. On ne se connaît que par nos prénoms. On ne cherche pas à en savoir davantage les uns sur... les autres que ce que chacun veut bien nous dire. On est ici pour s'épauler. C'est dans cette optique que le système de parrainage est recommandé. Je vous encourage aussi à échanger entre vous des numéros de... téléphone, pour pouvoir trouver de l'aide au besoin. Bon, maintenant, Régine va nous lire un texte qui s'intitule: *Le triangle de l'égocentrisme.*

Marc-André trouve le temps long. Ce qu'Adèle a raconté, il l'a entendu maintes fois pendant sa désintox. Il trépigne d'impatience, ne se sentant vraiment pas à sa place au milieu de ces inconnus. Il supporte stoïquement la longue lecture faite sans intonation par quelqu'un qui, de toute évidence, n'y comprend rien. Les phrases tombent à plat. Seuls quelques fragments s'enregistrent: *Nous n'arrivons pas à acquérir l'autonomie... et nous réagissons... par le ressentiment, la colère et la peur.* Marc-André réussit à contenir sa frustration jusqu'à la conclusion. *Nous devons grandir ou mourir.*

Adèle annonce alors la pause et tous se regroupent autour d'une table où s'étalent biscuits et breuvages. Les conversations reprennent. Décidé à s'éclipser en douce, Marc-André se dirige lentement vers la porte quand il se fait interpeller:

— Salut!

Pivotant sur lui-même, Marc-André reconnaît le jeune rocker qui lui sourit, la main tendue. Le visage auréolé d'une vadrouille de cheveux noirs lui paraît sympathique.

— Moi, c'est Carlo.

Marc-André est surpris par le ton amical de ce type qu'il aurait plutôt imaginé en tueur tant ses vêtements sont agressants.

— Salut..., euh, moi, c'est Marc-André.

— Comment tu trouves le meeting jusqu'ici? lui demande Carlo en l'entraînant vers la table.

— Quétaine à mort, si tu veux savoir.

— Je vais te dire, la première fois que je suis venu, j'ai eu envie de me sauver en courant, s'esclaffe l'autre. Dans mon cas, remarque, c'était impossible. J'avais un bon chien de garde en la personne d'un oncle qui me collait aux talons. Tu sais, ça vaut la peine, malgré tout. On en retire quelque chose.

— Je suis resté, faute d'un meilleur endroit où aller, confie Marc-André à Carlo. Je suis nouveau dans le coin...

— Tu habites le faubourg? relève Carlo en versant du café dans une tasse. Tiens, mets donc le sucre et la crème à ton goût.

— Merci. Ça te surprend que j'habite par ici?

— Les gens viennent de partout assister à ces meetings. Y a des gens ici qui en font un par soir. Ils se promènent par toute la ville. Si j'ai paru intéressé, c'est que moi aussi, j'habite le quartier – on doit pas être très nombreux – et que, justement, je me cherche quelqu'un avec qui faire mon jogging, le matin. Si jamais ça te tente...

Marc-André panique: il est venu ici par désœuvrement, pour voir, rien de plus, et il n'a pas l'intention de prendre le moindre engagement. Carlo n'insiste pas.

— Coudonc, dit Marc-André, est-ce que c'est fini, ou est-ce que ça continue après le café?

Carlo a un sourire malicieux.

— Ça continue, c'est même pour ça que je suis ici. J'ai peu de temps à consacrer aux meetings à cause de mes études. Mais ce soir, c'est moi qui donne la deuxième partie du show – ce qu'on appelle le partage.

Adèle s'approche, serre la main de Marc-André, puis s'excuse de les interrompre...

— Mais j'ai des... détails à régler avec Carlo.

Marc-André s'éloigne pour les laisser discuter. Sa tension a un peu baissé et il est curieux de savoir ce que Carlo a à partager. C'est ainsi qu'à la reprise du meeting il se rassoit. Comme il l'avait annoncé, le jeune rocker vient en avant et prend la parole:

— Salut, je m'appelle Carlo, et je suis dépendant. Je suis d'origine italienne et ma famille a immigré au Canada il y a vingt-quatre ans, après la mort de mon grand-père. Il y avait ma grand-mère, mon père, mon oncle et leurs deux femmes. Ils ont continué de vivre ensemble, même après la naissance de leurs enfants. Encore aujourd'hui, on partage la même maison. Ma grand-mère vit dans le sous-sol qu'on a rénové pour ménager ses jambes fatiguées. Mon oncle occupe le rez-de-chaussée avec sa famille, et nous, mes parents, mes sœurs et moi, nous habitons à l'étage. J'ai été élevé en vase clos, mais très sévèrement. Pendant mon enfance, cette sévérité excessive ne me dérangeait pas vraiment, je ne connaissais pas mieux. Mais à l'adolescence, quand je me suis mis à me comparer à mes camarades, ç'a été l'éclatement. Quand je voyais tout ce qu'ils avaient le droit de faire, et qu'on me défendait à moi, je frustrais. On m'obligeait toujours à besogner dans la maison ou autour... je n'avais aucun moment de liberté. On ne me donnait jamais d'argent de poche; même quand je travaillais, l'été, pour un ami de mon oncle qui était paysagiste, je devais remettre mon salaire intégral à la famille. Alors je me suis révolté. Je suis devenu chum avec un type de l'école qui organisait des coups pour faire de l'argent – appelons-le Le Rouquin. Je m'échappais de chez moi en cachette la nuit et je l'aidais à faire des cambriolages, du vol à la tire, et d'autres crimes que j'aime autant oublier. J'avais du mal à me regarder dans le miroir mais, en même temps, je ne pouvais pas m'arrêter. J'étais content d'avoir de l'argent pour sortir avec mes camarades de La Passerelle, m'acheter des choses... en cachette de la famille, évidemment.

«Un soir, j'ai été invité à un party. À l'occasion de ce party-là, la drogue était gratuite pour tout le monde. On pouvait en prendre tant qu'on en voulait. Au début, j'ai refusé. Ça ne m'intéressait pas. Mais la pression du groupe a eu raison de ma volonté et j'ai commencé à consommer. Je suis aussitôt devenu dépendant. Bien sûr, dès que mes réserves se sont épuisées, il a fallu que je paye pour m'en procurer, mais ça m'était égal. Avec la drogue, je n'avais plus aucun remords quand je faisais mes mauvais coups. Donc il m'en fallait chaque fois. Et l'argent que je gagnais en commettant ces crimes me servait à payer ma dope. L'engrenage infernal, quoi! Je suis devenu tellement insupportable que les quelques amis que j'avais m'ont planté là. En quelques mois, j'ai complètement dégénéré. Incapable d'étudier. Hypernerveux. Hypocrite. Ratoureur. Menteur. Et manipulateur. J'essayais de donner le change à la maison, mais j'y arrivais de plus en plus difficilement. Mon oncle – dans notre famille, c'est lui, le chef – mon oncle, donc, m'attrapait des fois quand je rentrais aux petites heures du matin et je passais un mauvais moment. Il s'imaginait que je courais les filles. Mais tout ce qu'il pouvait me faire ne changeait rien à rien. J'avais complètement basculé. À l'école, c'était le fiasco complet, je manquais mes cours, j'avais des notes désastreuses. Je me disais: «À quoi bon essayer? C'est foutu, je coule!» C'était rendu que je n'étais plus capable de rien faire sans drogue. Et il me fallait des doses de plus en plus fortes. Les rares moments où j'étais lucide, j'avais une peur effroyable. Les choses empiraient de jour en jour. Au fond de moi, je ressentais une grande envie de m'en sortir, mais j'étais pogné dans cet abominable cercle vicieux. Je tombais chaque jour un peu plus creux dans un trou sans fond.

«Et puis, une nuit, je suis allé trop loin. J'avais rendez-vous avec Le Rouquin dans une ruelle, on devait aller cambrioler un logement dont les occupants étaient partis en vacances. Le Rouquin avait déniché une clé mais, pour une raison ou pour une autre, une trouille épouvantable me broyait les tripes. Alors, pour me donner du cran, je me suis piqué plus fort que d'habitude. Ça ne m'a pas réussi. Je me suis écrasé, sans connaissance, dans un fond de cour quelque part entre chez moi et le lieu du rendez-vous. Black-out total.

«J'y serais resté, sans doute, sans l'intervention de mon oncle. Quelque chose lui avait mis la puce à l'oreille. Alors, en ne me voyant pas dans ma chambre, cette nuit-là, il est parti à ma recherche. C'est lui qui m'a trouvé. J'étais mal en point et pas très beau à voir. J'avais été malade, là dans ce fond de cour. Mais ça ne l'a pas empêché de me ramener chez nous dans ses bras. Il m'a soigné pendant des jours. C'est lui qui a pris les arrangements avec le centre de désintox où je suis allé ensuite. C'est lui qui m'y a conduit. Il est venu me voir là-bas deux fois par semaine sans manquer. Les premiers jours, je subissais le traitement sans participer, mais petit à petit, j'ai vu que ça en valait la peine. C'est encore mon oncle qui m'a encouragé quand j'ai décidé de m'embarquer volontairement dans mon rétablissement. Et qui m'a ramené chez nous à la fin de la cure... Il ne m'a pas lâché jusqu'à ce que je reprenne le dessus.

«Ça a été très dur. Mais je suis venu à bout de traverser les premières semaines et, après ça, je me suis fixé des objectifs, et ça marche encore. Je suis abstinent depuis deux ans et demi. Moi, c'est ça, mon truc, les objectifs: tu te fixes un point au loin, et tu essaies de l'atteindre. Quand tu es rendu là, tu t'en fixes un autre, un peu plus loin. Le premier objectif, ça a été le diplôme du secondaire. J'avais pour ainsi dire abandonné l'école au milieu du secondaire 5. Mais à mon retour après la cure, ma famille m'a fortement incité à rattraper le temps perdu et à passer mon année. Au début, je n'étais pas trop sûr que je le voulais, mais encore une fois j'ai fini par comprendre que c'était une bonne chose. À partir du moment où j'ai choisi moi-même de travailler vers cet objectif, tout s'est mis à bien aller. J'en ai sué un coup, mais j'en suis venu à bout. J'ai passé par la peau des fesses... mais c'était une première victoire. L'objectif suivant, c'était le cégep. Mes notes de cinquième secondaire étaient tellement faibles qu'on m'y avait accepté, mais à certaines conditions. Alors pendant l'été, j'ai suivi des cours privés et, en septembre, j'avais rattrapé le peloton. Au début du cégep, j'avais décidé de faire une technique, mais finalement, j'ai décidé que ce que je voulais, c'était un diplôme universitaire, alors j'ai modifié mon choix de cours et j'entre en informatique à l'Université de Montréal en septembre prochain. J'ai reçu ma réponse il y a quelques semaines.

«Bon, je vous avoue que j'ai pris mes distances avec la *famiglia* depuis. Il le fallait, pour ma santé mentale, pour que je me sente libre. Je fais encore aujourd'hui des choses que mon oncle et mes parents ne savent pas, qu'ils ne comprendraient pas. Mais je m'arrange pour que ces choses-là, *moi,* je n'en aie pas honte. Il faut que chaque jour je puisse affronter mon image dans le miroir sans sourciller.

«Chaque fois que je me décourage, ou que j'ai trop le goût de consommer, je pense à cet homme, mon oncle, qui a misé gros sur moi, qui a consacré des heures et des heures à me tirer du pétrin, et ça me donne la force de continuer. Grâce à lui, grâce à NA où j'ai trouvé une solidarité extraordinaire, grâce à moi-même aussi, parce que c'est moi, en fin de compte, qui ai pris ma vie en main, eh bien, mon avenir me paraît beaucoup plus prometteur que si j'étais resté empêtré dans cet engrenage infernal... Je continue à aller d'objectif en objectif et, de cette façon, j'espère avoir le courage de continuer à vivre sans drogue pour le reste de ma vie. Éventuellement, je souhaite pouvoir aider à mon tour des dépendants à devenir et à rester abstinents.

«En attendant, je vous remercie de m'avoir écouté.»

Quelques secondes de silence suivent ce témoignage vibrant de sincérité. Carlo va se rasseoir et Adèle reprend la parole:

— Merci, Carlo, d'avoir partagé ton... histoire avec nous. Certaines choses que tu as racontées m'ont rappelé... des souvenirs. Nos circonstances sont différentes, bien sûr, mais il y a des points communs. Ton témoignage démontre... clairement que, quand on veut, on peut.

Après cela, on procède à la remise des porte-clés – de différentes couleurs selon le nombre de mois d'abstinence – à Olga, Noémie, Jean-Guy, David, Patrick. Christopher reçoit aussi un gâteau d'anniversaire, coiffé d'une chan-

delle: il célèbre une année complète d'abstinence. Les encouragements et les félicitations
fusent. On s'exclame en chœur: *Bravo, Olga!
Noémie! C'est beau, Jean-Guy, David, Patrick!
Way to go, Chris!* À sa grande surprise, Marc-
André voit ensuite Adèle s'avancer vers lui en
disant:

— Est-ce que tu te sens prêt à recevoir le
jeton du nouveau, Marc-André? Oui? Alors le
voici. Sois le bienvenu chez NA, Marc-André.
Ça nous fait vraiment plaisir de t'accueillir.
On est contents que tu aies décidé de prendre
ton problème en main et on est prêts à te
donner notre appui dans tes efforts pour te
débarrasser de ta dépendance.

Pour clore la soirée, tous les participants
forment un grand cercle, ouvrant les bras pour
les placer autour des épaules de leurs voisins,
et, dans un recueillement solennel, leurs voix
récitent à l'unisson la prière de la sérénité:

*Mon Dieu, donnez-moi la sérénité d'accepter
les choses que je ne peux changer, le courage de
changer celles que je peux, et la sagesse d'en
connaître la différence.*

9

Rencontre nocturne

Longuement, Marc-André se promène dans les rues du faubourg. Il s'est sauvé tout de suite après la prière de la sérénité, voulant couper court à toute conversation avec les participants au meeting. «Comment peut-on révéler à autant de monde des faits aussi intimes? se demande-t-il en pensant à Carlo. Moi, je préférerais m'étouffer avec mon secret que de l'afficher sur la place publique.» Le visage de Fred s'insinue dans ses pensées, accompagné de souvenirs, et il se met à courir pour y échapper. Il songe au départ de ses parents, à sa vie chez son frère, à l'école, et au passé qui refuse de quitter sa mémoire.

— Fred! gémit-il à mi-voix, pourquoi t'es revenu dans ma vie?

Une musique tranquille s'échappe de *L'Arc-en-ciel,* et il décide d'aller prendre une boisson gazeuse avant de rentrer. Il commande un Coke au comptoir, puis il aperçoit Karine à la table du fond. Il constate avec surprise qu'il est content de la voir. Mais il remarque son expression accablée. Prenant son verre, il se dirige vers elle.

— Tu permets? demande-t-il.

— Fais comme chez toi, dit-elle en refermant son livre. J'essayais d'étudier, mais ça rentre pas.

— Coudonc, es-tu restée ici pendant tout ce temps-là?

Elle hausse les épaules d'un air morne.

— Je suis retournée dans ma tente après le souper, mais ça s'est mis à barder quand mon père est arrivé à la maison et j'ai eu besoin d'air.

— Tu vas dormir où?

— Je vais rentrer vers minuit; d'habitude, ils finissent par se calmer.

— Tu fais ça tous les soirs?

— Presque. La semaine dernière, Véronique m'a invitée à coucher chez elle une nuit où la météo promettait un orage. Mais ç'a fait toute une histoire. Après l'orage, mon père est venu voir dans ma tente si tout allait bien. Comme j'étais pas là, il s'est mis à penser viol, enlèvement, enfin ce genre d'atrocité. Il m'attendait à la sortie de l'école le lendemain – avec une brique et un fanal. Il m'a expliqué que c'était effrayant d'être partie sans prévenir. Je lui ai répondu que c'était effrayant de voir ses parents s'arracher les cheveux comme des batailleurs de rue. Il a eu l'air ébranlé. Moi aussi, ça m'a ébranlée de le voir aussi inquiet. Alors j'ose plus découcher. Sauf que, tantôt, les couteaux volaient encore plus bas que d'habitude...

Marc-André ne sait que dire. «Des parents qui se chicanent, c'est banal», songe-t-il en pensant aux siens. Mais les prises de bec des Pontchartrain sortent de l'ordinaire.

— Ç'a pas toujours été comme ça, raconte Karine. Avant, mes parents filaient le parfait bonheur. Mais du jour au lendemain, ma mère s'est mise à capoter et elle est devenue jalouse comme c'est pas possible. Elle a un problème mental, je pense. Tu connais mon père...

— Si peu...

— En tout cas, il ne trompe pas ma mère, j'en mettrais ma main au feu – il l'aime trop pour ça. Mais elle, elle est certaine qu'il couche avec un paquet d'autres femmes. Elle lui fait des scènes à tout casser. Chaque fois qu'elle ouvre la bouche, c'est des paroles empoisonnées qui en sortent. Et ça fait mal...

Marc-André se tait, comme frappé par un coup de poignard.

— Il est super patient avec elle, enchaîne Karine, mais elle le pousse à bout. Et là, il éclate et je te jure que c'est pas beau à entendre.

Minuit approche et la serveuse leur fait un petit signe. Ils finissent leur breuvage, paient et se retrouvent dehors. Karine frissonne et Marc-André sait que ce n'est pas seulement à cause de l'air nocturne. Il voudrait dire quelque chose pour la réconforter, mais l'inspiration lui fait défaut. Ils marchent côte à côte dans la nuit humide. De larges bancs de nuages flottent sur le faubourg, cachant les étoiles.

— Pourquoi je te raconte ça? soupire la jeune fille. T'en as sûrement assez de tes propres problèmes.

— Non, c'est correct, dit Marc-André. Mes parents sont pas un cadeau, eux non plus, tu sais, mais j'ai trouvé une solution radicale pour pas avoir à camper dans le jardin.

— Ah oui? fait Karine, sceptique.

— Je les ai expédiés en Australie! Ils y sont pour un bout de temps.

Pour la première fois de la soirée, Karine sourit.

— Le problème, c'est que maintenant, je suis pogné avec mon frère et sa copine et que ça non plus, c'est pas le paradis.

Sans crier gare, la scène du souper lui revient à l'esprit et il s'ébroue, agacé. L'expression «paroles empoisonnées» lui est restée sur le cœur depuis que Karine l'a employée, il y a quelques minutes.

— Ils sont si monstrueux, ton frère et sa copine?

Marc-André ravale la réponse méprisante qui lui monte aux lèvres. À la place, une série de questions se bombardent dans son esprit: «Pourquoi est-ce que ça me fait si mal de voir Christian et Isolde heureux ensemble? Pourquoi ce besoin compulsif de gâcher leur plaisir? Qui sait si mon problème n'est pas mental, moi aussi? Le monstre, là-dedans, c'est moi!» réalise-t-il avec effroi.

— Pas vraiment, reconnaît-il, c'est juste que je suis tout mélangé.

— Bienvenue dans le club! persifle Karine, amère.

Une bouffée de chaleur envahit Marc-André et il prend conscience du fait que lui et cette fille sont en ce fragile moment sur la même longueur d'onde. Spontanément, il tend une main vers elle. Mais un flash rejoue soudain dans sa tête et sa main rejoint le fond de sa poche.

◯

Marc-André entre sans bruit dans le logement silencieux. De leurs coussins, les chiens lui adressent un faible aboiement de bienvenue. Isolde et Christian doivent déjà dormir, la porte de leur chambre est fermée. Lui, il n'a pas sommeil. Il ne s'endort jamais avant trois heures de toute façon et il n'est pas question que le retour à l'école modifie son horaire. Cependant, la maison est tellement paisible qu'il n'osera pas, cette fois-ci, mettre sa musique à tue-tête. Il en aurait bien besoin, pourtant! Un rictus lui échappe en pensant à Karine et à cette toune qui lui plaît tellement. Joué au plus fort, *Johnny B. Goode* lui permettrait peut-être en effet d'enterrer pendant un moment ces souvenirs insoutenables.

La première chose qu'il aperçoit en ouvrant la porte de sa chambre, c'est une enveloppe mauve déposée sur son oreiller. Il en retire une lettre dont l'écriture lui est inconnue. Coup d'œil à la signature: Isolde.

Marc-André,

Je voudrais que nous devenions amis. J'ai envie de te connaître mieux et je crois que nous sommes capables de nous entendre. Je suis prête à faire les efforts nécessaires, mais nous devons d'abord parler. Un soir après l'école, veux-tu? Je suis habituellement de retour à quatre heures. Je t'attendrai.

Tu n'es pas de trop dans notre vie.
Isolde

Marc-André a envie de hurler. Quand lui fichera-t-on la paix? Quel culot elle a de venir le relancer dans le seul endroit au monde où il a encore l'impression d'être chez lui – sa chambre! C'est déjà assez difficile pour lui de s'adapter à tout ce nouveau, et elle s'imagine qu'il va accepter spontanément de lier connaissance – à l'insu de Christian – et qu'ils fileront par la suite le parfait bonheur à trois? Eh bien elle se trompe! Qu'elle le ravale, son scénario cucul!

Arrachant ses vêtements, le jeune homme s'enferme dans la salle de bains. Vivement la douche pour faire échec à ces images malsaines qui ne lui laissent aucun répit! Le jet d'eau le fouette. Il le laisse couler sur lui longtemps après avoir fini de se laver. Le bruit l'étourdit. Il voudrait s'y fondre. S'il pouvait seulement, ensuite, se jeter dans son lit et s'endormir rapidement pour une fois... éviter l'insomnie et les évocations dérangeantes...

Une puissante envie de consommer l'assaille tout à coup. Impitoyable. Le chauffe-eau s'est vidé, mais Marc-André reste là, frémissant de peur et de froid sous le jet glacial. Il a la peau bleuie lorsqu'il ferme les robinets. Il s'essuie vigoureusement, saute dans son boxer et se réfugie sous les couvertures. Mais ses pensées le rejoignent au fond du lit et hantent le sommeil troublé dans lequel il finit par sombrer.

10

Les paladins

*D*ans la pénombre rougeâtre, ils clignaient des yeux pour affronter le reflet éblouissant du verre de cristal qui, même à travers le paravent, rutilait de mille feux dans ses mains gantées. Du fond des fauteuils où ils étaient assis, ils se laissaient bercer par la musique, en attendant le grand moment.

Ils avaient fait les quatre cents coups ensemble. À l'âge de onze ans, ils avaient calé leur première bière, avant d'aller se jeter dans la piscine municipale. Tout nus! Ils en avaient entendu parler longtemps... À côté de ça, leur première vraie brosse – l'année suivante – n'avait créé que de vagues remous vite étouffés... Quelques mois plus tard, ils avaient fumé leur premier joint, dans le secret d'une ruelle et, pour deux d'entre eux, ç'a avait été la catastrophe. À quinze ans, ils avaient «emprunté» une auto un soir de printemps dont le propriétaire imprudent avait oublié la clé dans le contact... Ils s'étaient promenés toute la nuit, saisis d'effroi chaque fois qu'ils apercevaient un gyrophare, et ils étaient revenus la garer à l'endroit même où ils l'avaient prise. Ni vu, ni connu.

Il y avait eu aussi mille et un tours pendables et un certain nombre d'autres exploits moins reluisants, mais passons...

À tour de rôle, ils avaient eu leur poussée de croissance et leurs corps s'étaient musclés. Ils parlaient tous, maintenant, avec une voix grave et l'ombre d'une moustache gratifiait leur lèvre supérieure. Un jour ils s'étaient déguisés en messieurs – complet-veston-cravate – et s'étaient présentés à un restaurant cinq étoiles où ils avaient commandé un repas gastronomique dont ils avaient savouré chaque bouchée, puis, lorsqu'on leur avait présenté l'addition, ils avaient fait un grand ramdam du fait qu'ils n'avaient pas d'argent. Ils avaient lavé de la vaisselle pendant huit jours, mais en avaient ri pendant des mois.

Ils avaient donc fait leurs preuves de cran et de bravoure et appris à marcher sur la corde raide, ils s'étaient aguerris, ils se sentaient prêts à affronter tous les écueils. Il leur restait une chose à découvrir, que le chef appelait respectueusement «les mystères de la vie». Bien sûr les paladins fréquentaient les filles. À l'école. Au gymnase. À la piscine. Dans les partys chez les copains. Mais rien de sérieux... «Après, promettait le chef, après on pourra commencer à cruiser pour de vrai.»

Et si l'un d'entre eux ne se sentait pas encore prêt à découvrir les mystères de la vie, il ne lui venait même pas à l'idée de l'avouer aux trois autres ou de reculer lorsque viendrait le temps.

Le chef, donc, avait décrété le temps venu de sortir de l'enfance, et il avait tout planifié, jusque dans les moindres détails.

Marc-André se redresse dans son lit, incapable de poursuivre ce rêve qu'il a l'impression de vivre tout éveillé. Des larmes inondent ses joues.

○

Une pluie morne s'abat sur le faubourg et, en se rendant à La Passerelle, Marc-André essaie de faire le vide. Il a croisé le regard d'Isolde au petit déjeuner, qu'ils ont avalé en vitesse dans un silence tendu. Christian et lui ont soigneusement évité de se parler, trop gênés, l'un comme l'autre, pour s'excuser de l'altercation de la veille. Les yeux sombres d'Isolde, dont l'intensité le surprend toujours, le fixaient avec insistance. Volontairement, il ne lui a manifesté aucun signe d'acquiescement. Qu'elle poireaute! Il n'a pas la moindre intention de venir la rejoindre après l'école. Ni ce soir, ni jamais.

À La Passerelle, les cours s'étirent dans des salles de classe lourdes d'humidité. Marc-André bâille ostensiblement chaque fois qu'un prof pose un œil sur lui. Ballard file doux pendant l'étude. Au dîner, dans la cafétéria bondée, Marc-André s'assoit, pas tout à fait par hasard, à la table de Karine. Elle ne doit pas avoir beaucoup dormi s'il en juge par ses yeux cernés. Avant qu'il ouvre la bouche, elle demande:

— Alors, quoi de neuf?

— Les profs sont plates, les cours, assommants, dit-il en grimaçant.

— Ouvre tes oreilles: j'ai dit «quoi de *neuf*»!

— Neuf, voyons voir: trois fois trois, quatre plus cinq, dix moins un.

— Zéro sur dix, petit impertinent. Essaie encore.

— Les classes sentent le p'tit chien dans le panier.

— Nettement mieux, deux sur dix. Une dernière chance?

— Et je n'ai pas encore eu le déshonneur de rencontrer l'exécrable directrice adjointe de La Passoire, déclame Marc-André en se levant pour saluer, avec beaucoup de panache.

— Woupse! fait Karine en réprimant difficilement un fou rire.

Comme chaque midi, la plantureuse Double-V fait sa tournée de la café et elle se trouve justement à portée de voix. Persuadé que c'est son air bouffon qui a déridé Karine, Marc-André se rassoit, pince-sans-rire.

— Eh bien, on va y remédier tout de suite, postillonne dans son dos une voix furieuse qui le fait bondir sur ses pieds. Je me présente: Viviane Visvikis, directrice adjointe de cette école, alias Double-V, alias la Vis-qui-visse, et tu comprendras bientôt le bien-fondé de ce dernier surnom. Quant à toi, je saurai toujours assez vite comment tu t'appelles et tout le déshonneur sera pour moi. Allez, ouste! jeune freluquet fantasque, dans mon bureau!

La tête haute, elle se dirige vers la sortie de la café, suivie d'un Marc-André à l'air ombrageux qui acquiert ainsi une célébrité instantanée, si l'on en juge par le cortège de visages réjouis qui se forme sur son passage. Un peu plus et on applaudirait. Quelle anecdote juteuse à raconter aux malchanceux qui ont raté le spectacle!

— C'est qui, ce gars-là? chuchote-t-on en riant sous cape.

— Courchesne, tu sais, le nouveau, celui qui a bavé Ballard, hier...

Marc-André se passerait fort bien de cette attention indue. Il voudrait se fondre sous les dalles du plancher. À chaque pas, sa frustration grandit et son visage s'échauffe un peu plus. Comble de malheur, en franchissant la porte, il aperçoit Fred qui l'interpelle, faussement admiratif:

— Je rectifie mon opinion à ton sujet, bonhomme! Voilà enfin quelque chose que t'as pas fait rien qu'à moitié!

La goutte d'eau qui fait déborder le vase. Une droite atteint le *pusher* en pleine poire. Des sifflements fusent. Alertée par la commotion, la directrice adjointe se retourne, voit Marc-André, le poing levé, et Fred, le visage tuméfié.

— Ton compte est bon, mon garçon! décrète-t-elle. Passe devant moi.

Plus dépité que jamais, Marc-André se laisse guider jusque dans son bureau, où elle le fait asseoir, après avoir fermé la porte. Puis elle s'approche de l'adolescent et lui lance froidement:

— Et maintenant, mon petit, à nous deux!

Le visage empourpré, les yeux sortis des orbites, Marc-André referme la porte du bureau. Ses oreilles bourdonnent de la semonce salée que Double-V lui a assenée. Impossible de faire de la dissociation en présence de ce dragon! Il a écopé d'une fastidieuse copie pour demain: cinquante définitions de mots ayant trait à la violence. L'adolescent se promet de lui en donner pour son argent, à la vieille vipère.

— Alors? demande une voix hésitante.

Incapable de se concentrer sur les exercices d'éducation physique, Karine s'est éclipsée du gymnase quelques minutes avant la fin du cours pour venir rôder autour du secrétariat. Les éclats de voix de l'adjointe faisaient vibrer les murs.

— Alors, répète-t-elle, est-ce qu'elle t'a suspendu?

L'adolescent est surpris de la voir là, surpris aussi de la voir en tenue sportive – elle dont la longue jupe paysanne est l'uniforme habituel – mais il est surtout touché de son inquiétude évidente.

— Penses-tu! Ce serait trop beau! fait-il, désinvolte. Tout ce que je peux te dire, c'est que si la strappe sévissait encore dans les écoles du Québec, j'y aurais goûté, et pas à peu près. Vite, sortons, j'en peux plus.

— Je sais ce que tu veux dire. Je suis déjà passée par là.

— En tout cas, Jupiter peut aller se rhabiller. Ses foudres sont de la petite bière à côté de celles de Double-V.

— Toi qui mourais d'envie de la rencontrer...

— ... ouais, j'en ai eu pour mon argent.

Marc-André éclate soudain d'un rire nerveux, incontrôlable, et contagieux puisque Karine se joint à lui. D'un commun accord, et sans cesser de se bidonner, ils filent vers la sortie qu'ils atteignent au moment où la cloche annonce la fin du premier cours de l'après-midi.

Le soleil a supplanté la pluie mais çà et là, sur l'asphalte, subsistent des flaques rutilantes. Marc-André s'élance au pas de course, sautant de trou d'eau en trou d'eau pour éclabousser le plus loin possible. Karine court derrière, cheveux flottant dans la brise printanière. Pour un moment la joie submerge tout et ils laissent libre cours à la soif de vivre qui les habite. Puis atteignant le terrain de jeux de l'école primaire, ils s'arrêtent, épuisés, et se laissent tomber dans l'herbe.

— Ouache, c'est tout mouillé, rigole Marc-André.

— Sais-tu que t'es presque beau quand tu souris? souffle Karine.

Marc-André rougit. Il voudrait lui dire merci d'être venue l'accueillir à sa sortie du bureau, mais les mots ne sortent pas. Les jambes de la jeune fille, pour une fois à découvert, sont une surprise agréable, aussi, mais il n'est pas question de le lui avouer. Il pourrait lui dire qu'il la trouve jolie: il sent bien que Karine espère davantage de lui que des remarques acerbes et des propos haineux... Ah! s'il pouvait seulement se libérer de son carcan! Mais le pincement qui lui broie la poitrine tue dans l'œuf toute velléité de flirt qu'il pourrait avoir. Et la magie s'envole...

Les étudiants sortent à pleines portes et, sans comprendre ce qui lui arrive, Marc-André se retrouve bientôt au centre d'un groupe de curieux.

— Alors, qu'est-ce qu'elle t'a fait, la Vis-qui-visse?

— Elle m'a fait râler!

— Est-ce qu'elle était encore en manque de baise?

— Tout ce que je sais, c'est que moi, elle m'a pas manqué!

— C'est le signe infaillible: plus ça fait longtemps, plus elle fesse solide.

— Alors ça doit bien faire un bon siècle!

Marc-André se sent bizarrement réconforté par ce badinage débile qui manifeste une sympathie à laquelle il ne s'attendait pas.

— C'est que tu y es pas allé de main morte, remarque une voix admirative. T'aurais dû voir son air outragé quand t'as commis ton crime de lèse-majesté! C'est bien simple, je pensais qu'elle allait péter au frette. Elle est devenue violette!

— Moi, ce qui me dépasse, c'est qu'elle t'ait pas suspendu après ton coup de poing à Campeau!

— Ça m'aurait fait trop plaisir! fanfaronne Marc-André. Sa bastonnade verbale était bien plus sadique. Sans parler de la copie! J'en ai pour dix heures à copier des niaiseries. Vieille vache à Double-V!

— Quand on parle du loup! s'écrie quelqu'un.

Certain que l'adjointe vient encore de le prendre en flagrant délit de langue sale, Marc-André sent son cœur défaillir. Il se détourne, lentement, pour se retrouver face à face avec Fred, qui le foudroie du regard. Sans faire ni une ni deux, le jeune *pusher* l'empoigne solidement et lui flanque un coup de genou qui l'envoie rouler au sol. Hurlant de douleur, Marc-André a le réflexe d'agripper les chevilles de son adversaire, qu'il fait ainsi culbuter durement. Puis il l'enfourche et lui maintient les épaules dans une flaque de boue, en s'arrangeant pour souiller le plus possible son T-shirt et son jean.

— Trois heures moins dix-sept, on va être en retard! crie quelqu'un, et, comme si un déclic avait été actionné, les étudiants se ruent vers l'école en se bousculant.

Cloué au sol, Fred gigote furieusement.

— Essaie même pas! crache Marc-André. Tu es à ma merci.

— Tu vas le regretter, bonhomme.

— Je regrette juste de pas l'avoir fait avant!

Fred cesse de se débattre, mais il plonge son regard dans celui de Marc-André.

— T'aurais pas oublié quelque chose, bonhomme? Ce que tu fais là, c'est de la profanation! Te souviens-tu du serment qu'on a prononcé ensemble un jour?

— Oui je m'en souviens, dit Marc-André, sourdement. Je m'en souviens trop bien! J'avais neuf ans et un idéal grand comme l'univers. C'est pas juste moi qui ai oublié. L'esprit de ce serment a été trahi, bafoué, traîné dans les ordures un certain soir, et depuis, je refuse de m'y sentir lié.

— Mais sache, bonhomme, qu'il peut t'en cuire! Écoute-moi bien avec tes deux oreilles, parce que je le répéterai pas deux fois: **si jamais tu ouvres ta grande gueule sur mon compte, hein, fais bien attention à ta petite brunette**, O.K.? Oh, et puis, fais pas semblant de pas comprendre! Je parle de ta jolie Latino! Celle qui habite avec toi!

Frémissant, Marc-André lâche prise et détale. Il ne s'arrête qu'à la porte de la classe de Mme Perrier où il entre, les vêtements en bataille. Il décide de faire le vide et de se concentrer sur le cours et, contre toute attente, il y réussit à peu près. La prof de français enseigne avec un enthousiasme que Marc-André, pour une fois, n'a pas envie de tourner en ridicule. «Voilà au moins un cours potable!» songe-t-il en constatant qu'au contraire des autres matières les notions enseignées ne sonnent pas comme du charabia à ses oreilles.

— Pour le travail d'étape, annonce la prof à la fin du cours, vous me ferez une recherche sur la révolte dans la littérature québécoise. Huit à dix pages, double interligne. Ce travail comptera pour 80 % de la note.

«Enfin un devoir intéressant!» se dit Marc-André. Des personnages chialeurs, agressifs, virulents, empruntés au théâtre, à la comédie et au roman s'imposent à lui, criant à l'injustice, se rebellant contre le despotisme. Il a déjà plusieurs pistes à suivre sur les sentiers de la révolte. «Voilà enfin une matière que je ne coulerai pas», conclut-il.

— Allez-vous à *L'Arc-en-ciel*? demande-t-il à Karine et à Véronique, qui quittent la classe en même temps que lui.

— Non, on a notre ballet-jazz aujourd'hui, répondent-elles en chœur.

— T'as quoi, comme parasco, toi? s'informe Karine. Comment, rien? Ils t'en ont pas parlé quand t'es venu t'inscrire?

Marc-André ne va certainement pas avouer que ses parents l'ont inscrit à son insu et ne lui ont jamais parlé de parascos.

— Ça me tentait pas, élude-t-il en tournant les talons.

— On manque de gars au ballet-jazz, remarque Véronique. T'aurais pas envie de bouger un peu?

Marc-André part à rire! Lui, au ballet-jazz! Non vraiment, il ne se voit pas du tout. Mais devant le visage anxieux de Karine, il module son refus.

— Peut-être une autre fois. Y a eu assez de bougeotte comme ça, dans ma journée!

11

Jogging

Un souffle printanier anime le faubourg
en ce vendredi matin, faisant éclore, comme
par enchantement, les feuilles des arbres, qui
s'entrelacent au-dessus des rues en de délicates
arcades de dentelle verte. Les boîtes à fleurs
quittent leurs cachettes et reviennent trôner
aux fenêtres et aux balcons. Au retour de leur
migration hivernale, des centaines d'oiseaux
prennent les mangeoires d'assaut.

Mais Marc-André, qui promène les chiens
dans le parc, ne voit rien de poétique à devoir

s'arrêter à tous les deux poteaux pour laisser Tchou-Tchou et Cybèle faire leurs besoins, et ensuite pelleter le tout dans un petit sac. Il jure chaque fois.

— Ah, l'amour des bêtes! commente une voix moqueuse derrière lui.

Marc-André reconnaît Carlo qui fait son jogging. Voyant qu'il s'arrête pour prendre son souffle, l'adolescent laisse les chiens batifoler en liberté.

— J'ai beau les aimer comme un petit fou, c'est la première fois que je rencontre un lion qui parle! glousse-t-il en désignant la crinière de Carlo, plus excitée que jamais.

Celui-ci éclate de rire.

— Ma mère, mon oncle, ma grand-mère, mon père, ma blonde, et maintenant toi! Un gars a bien le droit de se peigner à son goût, non?

— O.K. J'ai rien dit. C'est à toi les oreilles.

— Ça me fait plaisir de te revoir, Marc-André. As-tu été à d'autres meetings?

— Euh, non! Pas eu le temps.

— Moi non plus, mais là, mes cours sont terminés et j'irai plus souvent. Ce serait le fun que tu viennes.

— On verra. J'ai un problème, euh... avec les prières. Je ne suis pas très porté là-dessus, tu vois.

— Viens pour la solidarité, alors. Ça aide de savoir que d'autres sont passés par là et s'en sortent...

— C'est juste que moi, l'esprit de gang, je l'ai loin... J'ai été échaudé dans le passé...

— Hey, j'ai une idée: j'ai tellement étudié depuis quelques mois que ça me sort par les oreilles, alors, comme c'est une fin de semaine de trois jours, je vais camper dans les Laurentides avec Sylvie, ma copine. Pourquoi tu viendrais pas avec nous autres? On se rend dans ma minoune jusqu'au pied du mont Namours et on grimpe à pied au lac du Carcajou. Là, on monte la tente, on se baigne, on bouffe, on fait de l'escalade, bref, on se lave le système de toute la cochonnerie de la ville. Départ ce soir à cinq heures; retour, lundi midi. Tout ce que ça te prend, c'est un sac de couchage et une brosse à dents. Je fournis tout le bataclan; et pour ce qui est de la bouffe, on fait le marché ensemble avant d'arriver là-bas. C'est de toute beauté là-haut! Qu'est-ce que t'en dis?

Voyant que Marc-André hésite, Carlo ajoute en riant:

— Y aura pas de prière, juré, craché! Allez, si tu te décides, rendez-vous devant chez ma copine ce soir à cinq heures. Au 5315, des Plaines.

○

Marc-André marche vers l'école, l'air tellement préoccupé qu'il n'aperçoit pas Karine qui l'attend à l'intersection.

— Salut, ça va? demande-t-elle en réprimant un bâillement.

Il sursaute, la reconnaît, puis hoche la tête de gauche à droite.

— Nuit cauchemardesque et réveil brutal. T'es-tu déjà fait tirer du sommeil par deux chiens qui te bavent dans la face?

— Ce serait encore mieux que les cris de mes parents, soupire Karine. J'ai même pas eu la chance de me faire réveiller aujourd'hui, j'ai carrément pas dormi de la nuit. Ils ont pas arrêté une minute... et on aurait dit que le ton montait encore quand je suis partie. Quand je pense que je suis allée vivre dans ma tente pour ne plus les entendre!

Ils poursuivent la route en silence, chacun se noyant dans ses pensées moroses. Marc-André est dévoré par une inquiétude sourde qu'il cherche à nier. Christian était parti pour Ottawa lorsqu'il s'est pointé à la cuisine pour déjeuner. Il a mangé seul en jetant un œil sur le journal. Puis Isolde est venue s'asseoir en face de lui, et il a craint un moment qu'elle ne désire lui parler à cœur ouvert, comme elle en avait manifesté l'intention dans sa lettre, mais elle avait les traits tirés.

— Penses-tu que, juste pour une fois, tu pourrais promener les chiens? a-t-elle demandé d'une voix altérée. Je... je ne me sens vraiment pas la force, ce matin.

Pour toute réponse, il a décroché la double laisse et est sorti en claquant la porte, les chiens sur les talons. Et là, en marchant vers l'école, il n'arrive pas à chasser de son esprit les joues blêmes et les yeux cernés d'Isolde. Elle avait vraiment l'air mal en point. Il se sent moche d'avoir été brusque, de ne pas lui avoir demandé si elle allait mieux lorsqu'il est revenu avec les chiens. «Ça va lui passer, c'est certain, se rassure-t-il, agacé de se sentir aussi préoccupé. Les femmes enceintes ont des nausées le matin, tout le monde sait ça.»

Arrivés à La Passerelle, les deux étudiants se dirigent vers la cafétéria, où Karine déjeune chaque matin. Ils ne sont pas sitôt assis à une table que Véronique arrive en courant, rouge d'excitation:

— Hé, vous savez la nouvelle?

Marc-André, Karine et les jeunes des tables voisines lèvent la tête et attendent la suite.

— Ils ont fait venir la brigade canine, halète-t-elle. Y a plein de chiens. Je les ai vus. Ils vont les lâcher dans la salle des casiers.

— C'est quoi l'idée?

— Ces chiens-là sont entraînés pour flairer la drogue dans les bagages aux aéroports et...

Le cœur battant, Marc-André se demande si Fred est au courant. Éclusant son verre de lait, il cède sa place à Véronique qui babille toujours avec animation. Elle le remercie d'un signe sans s'arrêter. Son auditoire augmente de seconde en seconde. Le jeune homme se glisse hors de la cafétéria et entre dans les toilettes.

Il est en train de se laver les mains quand il voit Fred sortir d'un cubicule, l'air hagard. En le reconnaissant, le *pusher* l'apostrophe:

— Maintenant que t'as mouchardé à la direction, c'est bye-bye le faubourg pour moi.

Secoué de tics, il parle d'un petit ton fébrile, en hachurant les syllabes.

— Foutaise! dit Marc-André. Ça vaut même pas la peine de répondre.

— C'est sûrement pas pour rien que la Visvikis t'a pas suspendu!

— J'suis peut-être lâcheur, comme tu me le reproches tout le temps, mais je ferais jamais une chose pareille et tu le sais très bien.

— Les policiers vont tout trouver avec leurs cabots fouinards....

Fred regarde au-delà de Marc-André d'un œil vitreux. Puis il se met à marmonner d'une voix monocorde:

— Ah, mais ils m'auront pas, les salauds...
Non ils m'auront pas... Ils m'auront pas...
M'auront pas...

Il tremble violemment.

— Arrête! coupe Marc-André en le prenant aux épaules. À quoi ça sert de brailler?

L'autre se ressaisit et se dégage brusquement.

— Braillera bien qui braillera le dernier,
dit-il en vidant le contenu de ses poches dans
la poubelle de métal. Bloque donc la porte une
minute. En souvenir des grands moments de
la Marque rouge, ajoute-t-il, sarcastique.

À l'aide d'une allumette, il enflamme un
papier et bientôt il ne reste au fond de la
poubelle qu'un tas de cendres fumantes qu'il
jette dans une toilette.

— Notre sens de l'idéal en a pris un coup
depuis les beaux jours de la Marque rouge!
murmure Marc-André tandis que l'autre actionne la chasse d'eau.

Leurs regards se soudent l'un à l'autre un
moment. Puis Fred va se passer les mains sous
le robinet.

— Bon, bien, il me reste juste à y aller,
souffle-t-il en lorgnant Marc-André d'un œil
indéfinissable. Salut, bonhomme. Dire qu'on
a déjà été amis...

— Notre amitié est morte de sa belle mort
une certaine nuit de décembre, grince Marc-
André. Et rien ne peut la faire renaître. Amen.

Fred respire un bon coup puis, ouvrant la porte, il sort d'un pas nonchalant et se noie dans le flot estudiantin. Marc-André s'élance dans son sillage, mais perd bientôt sa trace. Alors, il se secoue et monte lentement vers le laboratoire de chimie.

C'est alors que, frappé par un sentiment d'urgence qu'il ne peut plus ignorer, il se ravise brusquement, fait demi-tour et dévale les escaliers quatre à quatre. Il se retrouve bientôt dehors et se met à courir, le cœur en émoi.

○

Une atmosphère insolite règne dans le logement lorsqu'il y entre, essoufflé de s'être autant pressé. Il ne voit Isolde nulle part. Deux faits alarmants attisent son angoisse: l'eau coule à grand jet du robinet de la cuisine et la porte du jardin est ouverte. Il voit les chiens qui s'amusent dehors. Un pichet de jus repose sur le comptoir, à moitié rempli de concentré d'orange. Oppressé, Marc-André ferme le robinet.

— Isolde? appelle-t-il.

Entendant un gémissement, il revient dans le hall. La porte de la chambre principale est fermée. Il y frappe deux petits coups.

— Isolde?

Quelques syllabes inintelligibles lui répondent. Affolé, Marc-André entrebâille et aperçoit Isolde, allongée sur le plancher, dont la tête bloque la porte. Elle réussit à bouger pour dégager l'ouverture.

— Qu'est-ce qui est arrivé? demande Marc-André en se jetant à genoux près d'elle. Je vais t'apporter une couverture...

— Non, j'ai chaud.

— Alors attends.

Un saut dans la salle de bains et Marc-André revient avec une serviette qu'il dépose sous sa tête et une débarbouillette humide avec laquelle il lui éponge le front. Elle est livide.

— Je préparais du jus quand je me suis sentie étourdie, explique-t-elle. J'avais si chaud que j'ai voulu provoquer un courant d'air en ouvrant la fenêtre de notre chambre, qui est en biais avec la porte de la cuisine. Mais je n'ai pas eu le temps de me rendre. Je suis devenue toute molle... j'ai perdu connaissance... Je suis tombée sur la porte...

Marc-André ferme les yeux, soulagé. Il avait craint tellement pire!

— J'appelle un médecin?

— Non. On téléphonera à ma sage-femme plus tard. Il va juste falloir que tu me donnes un coup de main pour me relever.

Marc-André n'est pas trop certain que ce soit la bonne chose à faire, mais il glisse un bras sous la taille d'Isolde et l'aide à s'asseoir puis à se mettre debout. À l'affût d'une défaillance possible, il la soutient fermement jusqu'à ce qu'elle soit étendue sur son lit.

C'est alors qu'il se met à trembler de tous ses membres. Il a eu terriblement peur. Son organisme réagit à retardement. Il s'assoit sur le bord du matelas, le temps que ça passe. Puis un choc plus violent encore le secoue. Ce n'est pas seulement la peur rétrospective qui le fait trembler, mais la fragile découverte qu'il vient de faire: cette jeune femme, toute menue dans le grand lit, il s'aperçoit qu'elle compte énormément pour lui, et il a du mal à contenir l'élan qui le porte soudain vers elle. Il se rend compte qu'il l'aime – qu'il l'aime depuis un moment déjà. Ce sentiment qu'il s'efforce inconsciemment d'enfouir au plus profond de lui depuis le premier jour, qu'il essaie de camoufler sous son irascibilité excessive, pour éviter d'y faire face, il ne peut plus le nier. «Merde!» peste-t-il en dedans, mais son regard ne peut se détacher d'elle, qui prend la parole, doucement, comme si elle avait peur de le frotter dans le mauvais sens du poil.

— Je te remercie d'être revenu, Marc-André. Je ne sais pas ce que j'aurais fait sans toi. Tu... tu manques tes cours en ce moment?

Comment as-tu deviné que j'avais besoin d'aide?

Marc-André la rassure d'un geste.

— T'en fais pas avec ça. Pour ce que l'école m'apporte...

Elle se repose quelques minutes, les yeux fermés. Lentement, ses joues reprennent un peu de couleur.

— Marc-André, est-ce qu'on pourrait parler? demande-t-elle anxieusement au bout d'un moment.

Le garçon ravale le juron qui lui monte aux lèvres. Il a tout fait pour éviter cette conversation et là, c'est lui qui vient de se jeter dans la gueule du loup. Mais quand il ouvre la bouche pour répondre *non,* il voit à quel point elle en serait déçue. Alors, il émet un simple doute:

— Ça va te fatiguer, non?

— Je guette l'occasion depuis si longtemps, Marc-André; je ne vais pas la rater quand elle se présente.

Elle a les yeux pleins d'eau et Marc-André, ennuyé, sent qu'il n'est pas loin des larmes lui non plus.

— J'ai préparé toutes sortes de choses à te dire, commence-t-elle, mais... tu m'intimides un peu. J'ai tellement peur que tu interprètes mal ma démarche.

Elle s'interrompt pour lui laisser la chance de réagir, mais il a la gorge trop nouée pour parler. Son cœur bat si fort qu'il se demande si elle l'entend. Alors, pour éviter de se trahir, il prend une expression butée et refoule vigoureusement ses sentiments.

— Marc-André, je veux vraiment que tu sois heureux avec nous. Christian m'a beaucoup parlé de toi, du temps de ton enfance, des choses que vous faisiez ensemble. J'avais hâte de te connaître. Mais tout est arrivé si vite. On n'a pas pris le temps de bien s'apprivoiser avant... avant ton emménagement avec nous. C'est normal que ce soit difficile au début.

Sa voix s'estompe parfois et Marc-André devine ce que chaque mot lui coûte d'effort, tant elle semble épuisée. Mais il sent aussi que c'est primordial pour elle d'exprimer tout cela. Elle pose les yeux sur le jeune homme, attendant peut-être une réplique – qui ne vient pas – puis, prenant une grande inspiration, elle poursuit:

— De toute façon, le bonheur ne tombe jamais tout cuit dans le bec, il faut le bâtir, y travailler, jour après jour. Pour Christian et moi, c'est plus facile, sans doute... parce qu'on forme un couple. Mais même à trois, c'est faisable, je pense. C'est sûr qu'il faut s'ajuster, on ne pense pas pareil, on n'a pas les mêmes goûts, mais c'est d'autant plus intéressant comme défi, non? Je suis prête à faire mon possible pour assurer notre harmonie. Et j'aimerais vraiment devenir ton amie. Te rends-tu compte que je suis plus près de toi, en âge, que de Christian?

Le visage de la jeune femme manifeste une telle anxiété que Marc-André ne peut plus s'enfermer dans son silence stérile. Mais que répondre? «Peut-elle vraiment avoir de l'affection pour moi? se rebiffe l'adolescent dans un ultime sursaut d'autodéfense. N'est-ce pas seulement pour Christian qu'elle veut que je sois heureux?» Mais au fond de lui, il sait que la sincérité d'Isolde ne peut être mise en doute.

— C'est en moi, dit-il enfin en évitant son regard. Ni toi ni Christian y pouvez quoi que ce soit. Je... j'ai de la misère à simplement exister, ces temps-ci. J'étouffe. Tout m'énerve. J'ai envie de crier, de casser des choses. Je suis mal dans ma peau... Je n'arrive pas à oublier...

Il s'interrompt à temps, gêné de ces confidences qui fusent malgré lui. Il en a dit plus en une minute que dans toute sa vie; et c'est à cette femme avec qui il se montre ignoble depuis le premier jour qu'il ouvre ainsi son âme!

Isolde se redresse à demi et lui tend les mains. Mais il se détourne, mal à l'aise. Il aurait préféré qu'elle l'insulte, qu'elle lui mette sous le nez son impertinence, qu'elle lui rende œil pour œil, dent pour dent. Il aurait pu continuer à l'affronter bêtement et ainsi garder bien enfouie la délicate émotion qu'il éprouve à son endroit. Au lieu de ça, elle lui offre une amitié sincère qui lui chamboule le cœur. Mais il a besoin de temps pour analyser ce sentiment qui le plonge dans le trouble et dont la force l'effraie. Il ne sait pas comment y faire face. Et c'est pourquoi, au risque de la blesser, il recule devant son geste d'offrande.

Sans montrer sa déception, Isolde se recale dans son oreiller.

— J'ai vécu une expérience pénible il y a quelques années, enchaîne-t-elle, les paupières à demi closes. J'avais ton âge. On m'a fait très mal. Encore aujourd'hui quand j'y pense, une plaie douloureuse s'ouvre en moi. Pendant des mois, j'en ai voulu au monde entier. Une soif de vengeance terrible me dévorait. Mes pensées négatives me détruisaient à petit feu. Heureusement, j'en ai pris conscience avant d'avoir atteint le point de non-retour. Je me suis rendu compte que c'est moi que je brimais en me maintenant dans ce marasme morbide. Ce qu'il fallait, c'est agir positivement. Alors j'ai fait un virage. Je n'ai pas cherché à refouler ma colère, mais j'en ai dévié l'objet. Au lieu de l'axer sur la vengeance, je m'en suis servie comme charpente de mon avenir. Il n'était pas question que cet événement tragique m'empêche de réaliser mes rêves. Je me suis jetée à corps perdu dans la reconstruction de ma vie. Tout a changé après ça...

Marc-André est sidéré. Le récit d'Isolde le rejoint dans ses tripes. Il boit ses paroles vibrantes de vérité et chaque syllabe devient musique à son oreille.

— J'attends un bébé, dit encore Isolde. L'idée ne te sourit guère, je le sais, mais mon enfant a droit à ce qu'il y a de meilleur. Quelles que soient les maladresses que nous faisons, moi, toi, ou Christian, et qui rendent nos rapports difficiles, il n'y est pour rien. Pendant qu'il grandit en moi, j'aimerais qu'il reçoive seulement des vibrations favorables à son épanouissement. Si on est à couteaux tirés tous les trois, si on est toujours fâchés ou crispés ou frustrés, il captera des ondes malsaines... Et moi, je veux lui donner le meilleur départ possible dans la vie.

Elle parle si bas que Marc-André doit deviner les derniers mots. Elle paraît exténuée. Alors il ne résiste plus. Son barrage s'effondre, et des larmes lui montent aux yeux.

— Tu as raison, balbutie-t-il, ton bébé ne devrait pas avoir à payer pour ce qui va mal dans ma vie. Sans te promettre de miracles, disons que je vais essayer d'être moins bête. Quand je vais sentir la vapeur monter, je sortirai ou j'irai me renfermer dans ma chambre. Au moins si je dis des monstruosités...

Marc-André entre dans l'hôpital, grimpe les escaliers en courant pour se retrouver à l'étage de la maternité. L'infirmière du poste lui apprend que le Dr Pontchartrain n'est attendu qu'à onze heures trente.

— Tu aurais plus de chance à son bureau de la rue des Soupirs, suggère-t-elle. Veux-tu l'adresse?

— Vous ne pourriez pas l'appeler? C'est urgent.

C'est alors que, par miracle, Marc-André l'aperçoit qui marche lentement dans le corridor, l'air songeur. Fébrilement, il part à sa poursuite, plantant là l'infirmière éberluée.

— Hep, docteur!

Le Dr Pontchartrain se retourne à demi, et l'adolescent en profite pour arriver à sa hauteur. L'homme paraît avoir vieilli de dix ans depuis leur dernière rencontre. «Il n'a pas dormi de la nuit, et pourtant, il semble content de me voir», songe le jeune homme, qui se lance tout de go dans une description des problèmes d'Isolde. Le doc l'interrompt après quelques secondes et l'entraîne dans un petit bureau:

— Du calme, Marc-André, allez, assieds-toi une minute, et dis-moi: cette Isolde, dont tu me parles, c'est ta petite amie?

— Non, mais on vit ensemble enfin je veux dire dans la même maison, c'est la copine de mon frère. Mais Christian est à Ottawa, il avait des entrevues pour un emploi. Docteur pour le moment c'est elle qui m'inquiète. Elle est enceinte, elle s'est évanouie, elle perd du sang. Ça ne répondait pas chez sa sage-femme. Qu'est-ce qu'il faut faire?

— D'abord, tu vas tout me raconter, du début et sans te précipiter. Après cela, Marc-André, on interviendra efficacement, rassure-toi.

Curieusement, Marc-André se sent effectivement rassuré. Ce médecin dégage une forte impression de compétence.

12

Coke en stock!

Branle-bas de combat à La Passerelle! On essaie de donner l'impression que tout se passe normalement, mais il y a une telle effervescence dans les classes que personne ne peut se concentrer. Les profs eux-mêmes ont du mal à se rappeler la matière au programme.

Les chiens se sont montrés à la hauteur: ils ont découvert dans un casier une quantité de crack et de cocaïne de pureté variable. Catastrophé des répercussions négatives que l'affaire pourrait avoir, le directeur de La Passerelle discute à huis clos dans son bureau, avec Mme Visvikis et l'inspecteur Arnoldy, chargé de l'enquête.

— Rassurez-vous, monsieur Houde, notre intention n'est pas d'ébruiter l'affaire ni de porter des accusations prématurées contre qui que ce soit, explique l'inspecteur.

— Oui, mais les élèves sont déjà au courant, la rumeur va se répandre comme une traînée de poudre...

— C'est le cas de le dire! marmonne l'inspecteur.

— ... et je m'attends à voir débarquer les médias incessamment...

— Allons, Pierre, prends sur toi, intervient la directrice adjointe. La situation étant ce qu'elle est, il s'agit maintenant de limiter les dégâts.

— Et moi, je dois faire mon travail, dit l'inspecteur. Ce jeune homme, donc, Marc-André Courchesne, vous dites qu'il est nouveau à La Passerelle?

— Exact. Il est ici depuis mardi.

— C'est un bon élève?

— D'après ses résultats passés, il est plutôt faible. Il étudiait dans une polyvalente de la Rive-Sud jusqu'à son déménagement dans le faubourg, et son dossier académique indique, depuis l'automne dernier, de nombreuses absences dues – effectivement – à des problèmes de drogue. Mais il ne faut rien présumer. En février, après une tentative de suicide, il a été envoyé en désintoxication pour six semaines. Comme sa sortie de cure coïncidait avec le déménagement, il n'est pas retourné à son ancienne école. Selon ses parents et sur la foi de nos observations, il s'est repris en main et fonctionne assez normalement.

— Donc, depuis mardi, tout ce passe bien?

— À peu près, répond Mme Visvikis. Il a souffert d'un malaise pendant l'étude, le premier matin, mais s'en est vite remis. Par contre, son attitude est arrogante et il est déjà célèbre pour ses sarcasmes. Dans l'ensemble, cependant, il semble s'être assez bien adapté au rythme de l'école.

— Il est bien mis et propre de sa personne, fait valoir M. Houde. Il s'exprime dans une langue correcte et sans vulgarité. Il reçoit une bonne éducation familiale.

— Je l'ai reçu à mon bureau, avant-hier, enchaîne l'adjointe; un de ses fameux sarcasmes s'appliquait à moi, voyez-vous, et je lui ai dit ma façon de penser. Je lui avais donné un pensum dont il s'est acquitté à ma satisfaction, avec un certain cynisme qui ne manquait pas d'intérêt.

— Autre chose?

— J'ai remarqué chez lui une propension à la violence, dit encore Double-V. Il semble toujours en colère. Il a frappé au visage un élève qui se moquait de lui, et j'ai sévi. Puis cet élève a remis ça à la récré et il y a eu escarmouche. Mais comme ça se passait hors des limites de l'école et que les deux belligérants ont assisté au cours suivant comme si de rien n'était, nous avons fermé les yeux.

— J'ai rencontré ses parents lorsqu'ils sont venus l'inscrire et je puis affirmer que ce sont des gens très bien, souligne le directeur. D'ailleurs, son frère a enseigné ici pendant un semestre l'an dernier. Franchement, inspecteur, je crois que vous faites fausse route.

— De nos jours, monsieur Houde, le profil familial ne veut plus dire grand-chose. Vous devriez le savoir mieux que moi! Des rejetons des meilleures familles se retrouvent derrière les barreaux pour des crimes beaucoup moins graves. C'est tout de même dans son casier qu'on a trouvé la drogue.

— Et tu sais, Pierre, fait remarquer Mme Visvikis, l'affaire serait oubliée beaucoup plus vite si le coupable était un élève de l'extérieur, pris après seulement quatre jours! Une expulsion permanente et le tour serait joué. Avec l'été qui s'en vient, les parents auraient tôt fait de tout oublier et la poussière serait retombée bien avant que l'école reprenne à la fin d'août.

M. Houde arpente son bureau de long en large, l'air préoccupé.

— Que voulez-vous, je me sens personnellement responsable de tous et chacun d'entre eux. Ce sont mes ouailles, déclare-t-il, grandiloquent, même ceux qui viennent d'arriver.

Mme Visvikis lève les yeux au ciel.

— Cette attitude vous honore, monsieur Houde, reprend l'inspecteur, mais je dois tout de même procéder à l'enquête. Allez, il faudrait le faire venir. Convoquez ses parents, son frère ou son avocat, si vous le jugez opportun, mais, que vous le vouliez ou pas, je vais devoir l'interroger.

○

Karine fait les cent pas devant la poly. «Entre deux maux, il faut choisir le moindre», se justifie-t-elle en songeant qu'elle sèche un cours d'anglais. D'ailleurs, dans le remue-ménage qui agite l'école aujourd'hui, elle doute que son absence soit remarquée. Elle sursaute au moindre bruit, craignant de voir arriver un policier ou quelqu'un de la direction. Il faut qu'elle parle à Marc-André. Elle ne comprend pas pourquoi on le convoque au bureau du directeur, mais ça ne lui dit rien qui vaille. «Il saura peut-être ce dont il s'agit, songe-t-elle.

S'il n'a rien à se reprocher, il ira s'expliquer. Mais si...» À ce point de son raisonnement, Karine s'interrompt. Elle a déjà été témoin de la violence de Marc-André – et l'angoisse la triture chaque fois qu'elle se rappelle l'incident du *Vieux Carré* – mais elle devine, sous la croûte coriace, une mie très tendre. Elle le sait capable de s'émouvoir. Certaines de leurs conversations lui ont montré qu'il peut être sensible. Et elle ne peut pas croire qu'il puisse s'adonner à un trafic de drogue.

La rumeur parle d'une quantité importante de drogue découverte dans le casier 903, inutilisé depuis plusieurs mois. Selon la rumeur, des élèves ainsi que des membres du personnel pourraient être impliqués, et l'enquête pourrait durer des semaines.

Karine a le cœur serré en pensant à Marc-André. Elle se rend compte qu'en seulement quelques jours elle s'est attachée à ce jeune homme, si différent des autres. C'est la première fois qu'un gars lui fait autant d'effet. Elle sait que ce n'est pas réciproque mais, à quelques reprises, elle a senti que ça pourrait le devenir. «Pour l'instant, il refuse de se laisser aller», comprend-elle. Karine n'est pas pressée. Elle, qui n'est même pas tout à fait sûre de ses propres sentiments, ne va pas se formaliser si ceux de Marc-André n'y correspondent pas encore. «Chaque chose en son temps!» philosophe-t-elle. Et ce qui urge, pour le moment, c'est de le mettre en garde.

«Où peut-il bien être?» se demande-t-elle. Elle est pourtant arrivée à l'école avec lui, ce matin. Elle se rappelle l'entrée intempestive de Véronique à la café, et le départ de Marc-André aussitôt après. Du coin de l'œil, elle l'a vu se diriger vers les toilettes... puis, *pffuit!* disparu! Il ne s'est pas présenté aux cours du matin. A raté l'étude. Ne s'est pas montré à la café au dîner. Idem pour le premier cours de l'après-midi. Elle l'a cherché dans tous les recoins, de la bibliothèque au gymnase en passant par l'amphithéâtre. Son nom a été appelé à plusieurs reprises à l'interphone. «Est-ce l'annonce de Véronique qui l'a incité à se sauver? se demande-t-elle avec inquiétude. Si oui...» Encore une fois, elle préfère s'arrêter là.

«À tout hasard, je vais appeler chez lui!» décide-t-elle à brûle-pourpoint, en rentrant précipitamment dans l'école et en courant vers la cabine téléphonique.

13

Escapade

Montrant des signes de fatigue, la Plymouth quitte la route pavée pour s'engager, cahin-caha, sur la montée en gravier qui mène au mont Namours.

— Tu vas pas nous lâcher à quelques kilomètres du but, hein, ma minoune? plaide Carlo en changeant de vitesse tout doucement pour ne pas la brusquer. Je t'ai toute bien frottée, hier soir, je t'ai même chanté la pomme! Des airs napolitains, dis donc! C'est censé te garder dans de bonnes dispositions jusqu'au bout du voyage!

— À moins que ça l'ait mise en maudit et qu'elle se venge! rigole Sylvie, qui est assise près de Carlo sur la banquette avant. T'es-tu déjà entendu chanter? Vous avez pas idée comme cette bagnole-là lui en fait voir de toutes les couleurs! ajoute-t-elle à l'intention des deux passagers du siège arrière. Faut être maso pour endurer ça!

Mais Karine et Marc-André ne parviennent pas à dissiper leur angoisse et n'écoutent ce badinage que d'une oreille distraite.

Carlo a simplement souri à Karine, main tendue, quand il l'a vue arriver avec Marc-André à dix-sept heures moins une.

— Pas de problème, a-t-il répondu à leur question muette. Y a de la place en masse.

S'il a remarqué leur nervosité, il n'en a rien laissé voir. Après avoir rangé leurs bagages dans le coffre, il leur a présenté sa copine, déjà installée dans la voiture. Ils sont partis sans autres formalités. Après le ralentissement habituel dans l'échangeur Décarie et sur l'autoroute métropolitaine, ils ont pu rouler à bonne vitesse et, à dix-huit heures cinquante-huit pile, ils s'arrêtaient au dépanneur du village d'Arcouette pour acheter la bouffe du week-end.

— Et nous y voici! jubile Carlo en faisant rouler la voiture sous le couvert d'un bosquet d'arbres.

Quand bien même elle voudrait aller plus loin, la minoune, l'amas de pierraille qui tient lieu de chemin se termine là. Au-delà, c'est le bois et la montagne, traversés par un ruisseau aux méandres capricieux. Dans la fraîcheur du soir, l'odeur du sapinage les envoûte comme un encens capiteux, remplissant leurs narines, libérant leurs pensées de tout ce qui les empêche de profiter du présent.

— On va se partager le stock, dit Carlo. Il fait tellement beau qu'on peut faire un bout de chemin avant de manger. Comme ça, on méritera vraiment notre souper! D'accord, tout le monde?

La petite cohorte, lestée de bagages, s'ébranle bientôt dans le raidillon menant au sentier principal.

— On n'a qu'à suivre les balises de la piste de ski de fond, et on se perdra pas.

Prenant les devants, Carlo entonne *Torna Sorrento* et Marc-André sourit en l'entendant fausser atrocement. Heureusement, la montée se fait bientôt moins abrupte et on peut converser en marchant sans être hors d'haleine.

Marc-André ralentit pour attendre Karine qui ferme la marche. C'est la première fois qu'il la voit en jean et il la trouve très bien ainsi. Mais il est incapable de le lui dire et, pour faire la conversation, il lui parle d'Isolde.

— Ton père craignait un début de fausse-couche, mais ce n'est pas ça. Il pense qu'elle fait un peu d'anémie. Il va lui faire des analyses de sang pour être certain.

Karine comprend que son compagnon a besoin de parler, et elle ne demande pas mieux que de l'écouter: c'est rare qu'il se montre aussi volubile. Mais elle retient ses questions. Lorsqu'elle lui a téléphoné de la polyvalente, cet après-midi, il a paru tomber des nues. Non, il ne savait pas pourquoi on le convoquait chez le directeur, mais il ne pouvait pas y aller: il devait rester avec Isolde jusqu'au retour de Christian. Le casier 903? C'est celui qu'on lui avait assigné, sauf qu'il ne s'en est jamais servi. La saison des vêtements d'hiver est finie, non?

— Tu t'arrangeras pour avoir un billet mardi, lui a recommandé Karine, soulagée d'un grand poids. Pour justifier ton absence.

Elle a attrapé la fin du cours d'anglais, après ça, mais, avec le va-et-vient des policiers, personne ne pouvait travailler très sérieusement, d'autant plus qu'on était vendredi et à l'aube d'une longue fin de semaine. La cloche de la fin des cours a sonné comme une délivrance.

Mais quelle n'a pas été la stupéfaction de Karine, en rentrant dans sa tente, d'apercevoir Marc-André qui l'y attendait.

— Je suis mal pris, lui a-t-il expliqué brièvement. L'inspecteur est à la maison. Quand Christian est rentré, je suis allé acheter des comprimés de fer pour Isolde à la pharmacie, et à mon retour j'ai vu la voiture de police. Alors, je suis passé par le jardin, je me suis caché sur la galerie arrière et j'ai écouté. L'inspecteur a interrogé Isolde, et ensuite mon frère. Il me croit coupable de trafic de drogue. Il était encore là quand je suis parti. Assis au salon, à m'attendre.

— Mais si tu n'es pas coupable, tu n'as rien à craindre, a-t-elle répliqué.

L'air préoccupé, il n'a rien répondu.

— Je veux prendre le temps de réfléchir avant de décider quoi faire. Alors, je pars. Un copain m'a invité à camper avec lui pour la fin de semaine. J'ai griffonné une note explicative que j'ai glissée sous la porte avant de venir ici, avec les comprimés d'Isolde, et euh... comme je peux pas entrer chez moi, pourrais-tu me prêter un de tes deux sacs de couchage?

— Tiens, prends le vert, il est un peu plus chaud que le bleu. Je les enfouissais un dans l'autre quand les nuits étaient fraîches mais, depuis que le printemps est vraiment installé, un seul me suffit.

C'est pendant qu'elle préparait un havresac et quelques T-shirts à lui prêter aussi que l'idée de l'accompagner a germé dans sa tête.

— Je laisse un mot à mes parents et je pars avec toi, a-t-elle soudain déclaré d'un ton sans réplique. Me semble que ça me ferait du bien de dormir tranquille pendant quelques nuits.

Et maintenant, en gravissant le mont Namours en direction d'un lac inconnu, elle se demande si elle a bien fait. Puis elle hausse les épaules: il est un peu tard pour changer d'idée.

○

— Nous avons recueilli un certain nombre de faits concernant votre frère, dit l'inspecteur Arnoldy à Christian. Un adolescent aux cheveux en brosse a été vu il y a quelques semaines en train de fracasser une fenêtre de la rue Dodgson. Il s'est sauvé avant qu'on puisse l'attraper.

Ils attendent toujours Marc-André, bien qu'avec moins de conviction que tantôt. La note gît encore introuvée sous le pas de la porte arrière.

— En plus, des témoins ont rapporté qu'un jeune fou correspondant à son signalement a causé des dommages à un café, rue des Églantiers. Toutefois, aucune plainte n'a été portée contre lui, car les dégâts ont été remboursés.

— Vous êtes sûr que c'était lui?

— Non. Mais sa chevelure en brosse nous permet de le supposer.

— Et alors? Casser des vitres ou causer des dommages à un café, ce n'est pas la même chose que vendre de la drogue. Comprenez-moi bien, inspecteur. Je ne veux pas minimiser les actes de mon frère, si tant est qu'il les ait commis, mais enfin, ce n'est pas du tout la même chose.

— Mais votre frère se drogue, non?

— Non! Depuis sa désintox en mars dernier, il est abstinent.

— Comment pouvez-vous en être certain? De toute façon, on ne l'accuse pas de consommer, mais de vendre. On a tout de même découvert de la coke et du crack dans son casier. Et notre enquête nous révèle qu'il a présumément été *pusher,* à Brossard, dans le passé.

Accablé, Christian se cale dans son fauteuil. C'est alors qu'Isolde entre dans le salon, un papier à la main.

— J'ai trouvé ceci dans la cuisine, dit-elle en remettant la note à Christian. Vous pouvez en prendre connaissance, inspecteur.

Christian, Isolde,
Un de mes copains de Narcotiques Anonymes m'a invité à aller faire du camping avec lui en

160

fin de semaine et j'ai accepté. Je ne serais pas
parti si Isolde ne s'était pas sentie mieux, mais le
doc semblait rassuré à son sujet.

Ça vous donnera la chance de passer quel-
ques jours en amoureux, profitez-en bien.

Prends soin d'Isolde, Christian. Et toi, Isolde,
attention au bébé.

Marc-André

Furax, l'inspecteur enfouit le billet dans sa
poche.

— Pardon, s'insurge Christian, cette note
nous est adressée, non?

— Je vais la faire expertiser, m'assurer qu'il
s'agit bien de l'écriture de votre frère.

— Insinuez-vous que j'ai fabriqué un faux?
demande Isolde sèchement.

— Je n'insinue rien, madame, je fais mon
travail. De toute façon, si cette note est bien
de lui, Marc-André est un plaisantin. En camping! Allons donc! Et vous n'aviez pas la moindre idée de ses plans?

— Non.

— Ni de sa destination – il se garde bien
de donner quelque indice que ce soit à cet
effet. Ah, c'est malin, oui! Et vous ne savez pas
non plus qui est ce copain *anonyme* qui lui fait
une offre aussi opportune!

Il s'échauffe, l'inspecteur! Mais il se reprend, respire un bon coup, et le voilà

redevenu inodore, incolore et sans saveur, selon l'image qu'il aime projeter quand il est en service.

— Madame, monsieur, je n'ai plus rien à faire ici ce soir. Je reviendrai lundi. D'ici là, si Marc-André donne signe de vie, demandez-lui de rentrer sans délai et communiquez avec moi.

○

Dans la nuit tranquille, le feu de camp répand lumière et chaleur sur le bivouac. Une lune orangée se déverse en milliers de frissons sur la surface argentée du lac. Au loin, parfois, une bête lance son cri. Les murmures et les chuchotements de la grande nature sauvage forment un formidable silence, promesse d'un sommeil réparateur.

À la faveur du repas, la glace s'est rompue entre les campeurs. Sans aller jusqu'à se faire des confidences, ils bavardent, plaisantent, échangent des anecdotes. Marc-André se montre parfois taciturne, mais lorsqu'il s'en rend compte, il se secoue et tâche de revenir dans la conversation.

— Comment as-tu découvert ce petit coin de paradis? demande Karine à Carlo.

— Par hasard, Karinella, en faisant du ski de fond. Par la suite je me suis renseigné. Cette montagne appartient au gouvernement, même si c'est un club privé qui balise les pistes. Alors, pourvu qu'on fasse attention au feu, qu'on ramasse ses déchets et qu'on nettoie bien en quittant, on peut camper ici tant qu'on veut. Et il y a juste à côté une source d'eau potable.

La vaisselle expédiée, après une courageuse baignade dans l'eau froide du lac, Carlo et Sylvie se retirent pour la nuit.

— Vous rachèverez les braises avec de l'eau et de la terre avant de venir vous coucher, dit Carlo à Karine et Marc-André. Reposez-vous bien, demain on grimpe jusqu'au Panorama.

— C'est un club de nuit? rigole Marc-André.

— Du sommet du mont Namours, on a un point de vue spectaculaire qui vaut le détour, je vous en passe un papier. Par temps clair, on peut voir jusqu'à Montréal. Allez, bonne nuit.

Marc-André n'a pas sommeil. Marc-André n'a jamais sommeil; ses cauchemars le rejoindraient même au fond des bois. Karine tombe d'épuisement mais sent qu'elle ne pourrait pas dormir tout de suite, elle non plus. Il y a quelque chose de magique dans cette nuit, qu'elle ne veut pas laisser filer. Spontanément, le garçon et la fille s'approchent de la rive et s'assoient sur une grosse pierre plate, les yeux sur le lac baigné de lune.

— Es-tu certain qu'on rêve pas? demande Karine à mi-voix.

— Au contraire, je suis sûr qu'on rêve, murmure Marc-André. C'est trop beau pour être vrai. Et surtout pour que ça dure, ajoute-t-il avec amertume. La vie en ville est tellement trépidante qu'on se donne jamais la peine de respirer en profondeur comme on le fait ici. On se contente d'avaler de l'air à petites bouffées, juste assez pour pouvoir continuer de tourner en rond un peu plus longtemps.

Il s'arrête, aspire voluptueusement trois ou quatre fois, puis son visage se rembrunit.

— Je pensais qu'en m'éloignant de mes problèmes ils disparaîtraient. Mais c'est peine perdue. Je comprends plus rien, sinon une chose: je suis dans un maudit pétrin! Comment est-ce que je vais m'en sortir?

Bouleversée, Karine sent son cœur bondir dans sa poitrine. L'aveu de Marc-André la touche au plus profond d'elle-même.

— Tu es vraiment si mal pris que ça?

Le jeune homme fait oui de la tête, la gorge nouée par la peur.

— Depuis quelques années, mais surtout depuis quelques mois, ça va mal dans ma vie. J'ai... fait des efforts... euh... très pénibles, pour essayer de changer certaines choses, mais on finit toujours par se faire ramasser. Je vis pas, Karine, je réagis. J'essaie de prendre le dessus, mais je contrôle presque rien. Savais-tu que...

La confidence est là, au bord de ses lèvres, sur le point de s'épancher... Consciente de l'importance du moment, Karine ouvre à pleines vannes les canaux de son cœur et de son amitié. Mais Marc-André retient toujours les mots libérateurs.

Et soudain il n'en peut plus de tout garder en lui. En petites phrases hachées, il se met à raconter...

— J'ai commencé à me droguer à treize ans, Karine. Un truc de gang... On était quatre, et si le chef décidait qu'on se jetait sous les roues d'un train, on était assez niaiseux pour y aller. Quelques années plus tôt, on avait prêté un serment d'allégeance par lequel on s'engageait à être solidaires les uns des autres, *sous peine qu'il nous en cuise.* Les paladins, qu'on s'appelait. Les Paladins de la Marque rouge.

— Un nom évocateur, commente Karine. Digne du Moyen Âge.

— On était des tit-culs assoiffés d'idéal et d'aventure. On lisait plein d'épopées chevaleresques. La Marque rouge en question, c'est une dague stylisée qu'on utilisait pour se reconnaître entre nous, et signer nos bons coups de paladins en quête de justice universelle. On était sans peur et sans reproche, comme Bayard, et on défendait les faibles, comme Robin des Bois. On a eu une enfance merveilleuse!

«Sauf qu'un jour tout a basculé, poursuit Marc-André, amer. Un joint dans le fond d'une ruelle et ta vie change de sens. Y a plus rien de pareil. Tu veux ton autre joint et ça presse. Et puis un autre encore, et cette fois ça urge! Et ça continue, tu as toujours besoin de quelque chose de plus puissant pour t'apporter la même volupté. Et c'est l'escalade, ou la débandade, selon le point de vue. Et là...»

○

— Comment ça dans les Laurentides? C'est grand, les Laurentides! fulmine Louis Pont-chartrain. Elle ne précise pas où, ne dit pas avec qui elle est partie... Mais nous sommes encore ses parents, à ce que je sache, et elle n'a que seize ans!

— Elle n'a même pas pris sa tente, dit Estelle.

— As-tu appelé Véronique?

— Véronique, Léonidas, Justine, Lina. J'ai même téléphoné à *L'Arc-en-ciel.* Personne n'est au courant de rien.

— Elle n'est quand même pas partie toute seule, bon sang!

— On ne sait jamais, elle est tellement indépendante, ces temps-ci!

— Si tu avais été ici, aussi! tonne Louis. Ça t'apprendra à jouer les espionnes à la petite semaine!

Estelle se dresse sur ses ergots!

— Qu'est-ce que tu veux insinuer encore? glapit-elle.

— Penses-tu que je ne te reconnais pas sous tes déguisements ridicules? éclate Louis, furibond. Ça fait une semaine que tu m'épies dans tous les recoins de l'hôpital! Estelle, tu vas m'arrêter ces folies-là. Ton obsession est sans fondement. Tu es ma femme et je n'en veux aucune autre. C'est toi que j'aime, toi! Toi et toi seule.

— Voyons donc! J'ai vu la jolie pimbêche avec qui tu étais, hier, à la salle d'urgence... tu tenais sa main comme si tu voulais la mouler dans la tienne. Et mardi midi, l'infirmière qui pleurait dans tes bras à la cafétéria... Et l'autre...

— Oui, Estelle, un médecin est là pour aider les gens. La pimbêche, comme tu l'appelles si gratuitement, est une préposée à l'urgence dont la fille vient de se suicider. Je lui ai manifesté un peu de sympathie.

— Un peu, oui! Je me demande ce que tu aurais fait pour lui en témoigner beaucoup!

— Quant à l'infirmière de la cafétéria, elle venait d'apprendre qu'elle souffre d'un cancer; elle s'est épanchée sur mon épaule.

— Épanchée, mon œil! Elle se collait contre toi comme une poule en chaleur. Me prends-tu pour une valise, Louis? Comment peux-tu rester insensible aux charmes de jeunes femmes aussi belles?

— Je n'y suis pas insensible, Estelle. Je vois bien qu'elles sont jeunes et jolies, mais c'est toi qui es la plus belle à mes yeux.

— Mais regarde-moi! J'ai des rides, j'ai engraissé, j'aurai bientôt quarante-six ans...

— Et moi j'en ai cinquante, je souffre d'embonpoint, je grisonne et j'ai les yeux pochés. Est-ce que ça t'empêche de m'aimer? Est-ce que les jeunes hommes séduisants t'attirent plus que moi?

— Comment veux-tu que je le sache? Je ne vois jamais personne. Je me morfonds ici, toute seule, à longueur de jour, même la fin de semaine. Et si j'ai le malheur de ne pas être là, tu me le reproches...

— C'est faux!

— Faux? Qu'est-ce que tu viens de me dire à propos de Karine, hein? *Si tu avais été ici, aussi!*

— Bon, je m'excuse, je n'aurais pas dû dire ça. Moi aussi, Karine a essayé de me rejoindre et je n'étais pas là; alors là-dessus on est quittes. C'est juste que ça me fâche terriblement que tu m'espionnes, Estelle. En fait, je comprends très bien que tu veuilles sortir et voir du monde. C'est normal. Tu devrais aller travailler. Je t'y ai toujours encouragée.

— Tu sais très bien que je suis déphasée. Il faudrait que je suive des cours de recyclage... d'informatique... et quoi encore!

— Et alors? Suis-en, et n'en parlons plus!

— Facile à dire. Tu n'as pas abandonné ta carrière, toi, pour avoir une enfant!

— Non, parce que j'avais à cœur de donner à ma fille le nécessaire pour qu'elle puisse grandir et s'épanouir... et tu aurais pu repr...

Le timbre du carillon les saisit tous les deux. Estelle court à la salle de bains pour retoucher sa coiffure et tamponner ses yeux tandis que Louis se dirige posément vers la porte d'entrée.

— Docteur Pontchartrain?

L'inspecteur Arnoldy s'identifie et sollicite un entretien.

— C'est au sujet de Marc-André Courchesne. On me dit que vous l'avez vu aujourd'hui.

Louis fait passer l'inspecteur au salon en se demandant dans quel pétrin Marc-André a bien pu tomber. Il répond consciencieusement à toutes les questions et son récit corrobore en tous points celui d'Isolde. L'inspecteur

Arnoldy a beau chercher la faille, il ne la trouve pas.

— Vous a-t-il parlé de son projet d'aller camper en fin de semaine?

— Tiens, lui aussi! remarque Estelle, qui revient justement dans la pièce.

— Tout ce qu'il m'a dit, c'est qu'il resterait à la maison jusqu'au retour de son frère, répond le docteur.

Or, le commentaire d'Estelle n'est pas tombé dans l'oreille d'un sourd. Flairant là une piste fraîche, l'inspecteur reprend son bloc-notes. Après quelques questions pertinentes, il demande à voir le billet de Karine.

Parents de mon cœur,

Je pars camper dans les Laurentides pour la fin de semaine. J'ai besoin d'un peu de calme, de sommeil et de sérénité, pour faire changement.

Maman, tu es sortie, et toi, papa, tu n'es ni à ton bureau ni à l'hôpital. Autrement, soyez certains que je vous aurais prévenus de vive voix ou en personne.

Bonne fin de semaine à tous les deux. Gare à la casse!

Votre fille qui, malgré tout, vous aime gros gros gros,

XXXXXXX Karine

— Serait-il possible qu'ils soient partis ensemble? demande l'inspecteur, en remettant à plus tard le soin d'analyser les insinuations ambiguës de la missive. On les a vus ensemble à quelques reprises, à La Passerelle.

— Si ça vous amuse de conjecturer là-dessus, inspecteur, rien ne vous en empêche, émet le docteur. Moi, je n'en sais fichtrement rien.

Imperméable au sarcasme de Louis, l'inspecteur se lèche les babines. Que voilà une piste intéressante!

— Je viendrai interroger votre fille à son retour, dit-il en prenant congé. L'affaire qui m'occupe est justement reliée à la polyvalente La Passerelle. À propos, auriez-vous une idée de l'endroit où Karine est allée camper?

Les parents ont un geste d'ignorance.

— Le camping est-il un de ses loisirs habituels?

— Euh...

Estelle et Louis échangent un regard furtif qui n'échappe pas à l'inspecteur. «Tout ne va pas pour le mieux dans le meilleur des mondes entre ces deux-là», conclut-il en sortant. En empruntant l'allée en pavé uni de la façade, il se rappelle les éclats de voix que son arrivée a interrompus.

○

— Mes parents ne s'apercevaient de rien, Karine. Mon père passait son temps à me mettre sous le nez mes piètres performances scolaires, mais ça ne lui venait pas à l'idée que je puisse prendre de la drogue. Et ma mère m'adulait trop pour seulement imaginer une chose pareille.

— Ton frère, lui?

— Il était déjà parti étudier et venait rarement à la maison.

Délaissant le bord du lac, Karine et Marc-André sont revenus près du feu qu'ils ont réattisé pour faire échec au froid de la nuit. Emmitouflés dans des couvertures, ils conversent à voix basse.

— J'avais vendu tout ce que j'avais de précieux pour me procurer mes doses et, comme je pouvais plus m'en passer, je suis devenu *pusher*.

Karine comprend alors les répercussions fâcheuses que la découverte d'aujourd'hui à La Passerelle peut avoir pour son camarade.

— À l'école, on donnait le change, on tenait le coup. Mais on foxait souvent, on consommait de plus en plus, on se piquait à ciel ouvert, et pas juste sur la Rive-Sud: on venait aussi flâner dans les parcs et les ruelles de Montréal. Je suivais le courant, bien content de ne rien décider par moi-même... Je n'avais aucune pensée personnelle. La gang pensait pour moi et j'évitais de me poser des questions.

«À un moment donné, le chef s'est mis à s'intéresser aux filles. Tu vas me dire que c'était normal, mais dans son cas, c'était maladif... Ç'a commencé par des photos cochonnes... Ensuite il nous a amenés passer des heures dans les sex-shops. Puis il s'est mis à louer des films pornos. On regardait ça chez lui jusqu'à en avoir les yeux croches. Sa mère était toujours sortie. Il passait son temps à parler de sexe. Il voyait une fille sur la rue, à l'école, n'importe où, et tout de suite, une remarque vulgaire fusait. Pas besoin de te dire que les filles nous reluquaient de travers à l'école.

«Des fois, quand j'étais pas trop camé, je pensais: *Faudrait que ça arrête...* J'aurais voulu avoir la force de dire au chef: *C'est fou ce que tu fais... Tu vas trop loin.* Mais la seule fois où j'avais soulevé une objection du genre, je m'étais retrouvé sans drogue pendant deux jours.

«Dans son bureau, à la maison, mon père avait une belle collection de livres d'art que j'empruntais de temps en temps pour me rincer l'œil. Ris pas, Karine, mais pour moi, une belle femme, c'est la Vénus des grands artistes. Moi aussi, tu vois, j'avais découvert mon corps et je lorgnais les filles... mais mes fantasmes à moi s'inspiraient de Renoir, Manet, Le Titien et les autres. Les nus en peinture me fascinaient. Les femmes surtout... je contemplais leur corps gracieux et leurs traits délicats et, ces fois-là, j'avais pas besoin de drogue pour me sentir bien.

«Les activités des paladins devenaient de plus en plus débiles et dangereuses. Le chef poussait toujours plus loin, comme s'il voulait tester les limites de ce qui était faisable. Ça commençait à m'indisposer sérieusement, mais j'étais trop souvent drogué pour pouvoir me dégager de mon appartenance. Une couple de fois, j'avais parlé aux deux autres, mais eux, ils ne pensaient que par gang interposée, et tout était parfait à leurs yeux. Et c'est là, un bon soir, que c'est vraiment allé trop loin. On était en décembre...»

Gêné tout à coup, Marc-André s'interrompt. Lorsqu'il se remet à parler, sa voix n'est plus qu'un souffle rauque.

— Je sais pas où il est allé pêcher cette fille-là mais, en tout cas, il nous convoque chez lui, dans son sous-sol, et on est censés...

Un silence. Karine s'aperçoit que Marc-André renifle discrètement.

— La pièce est décorée de quétaineries, poursuit-il après un moment, et la fille est derrière un paravent. Y a de la musique, du jazz... Tout de suite, l'atmosphère m'a dérangé. J'étais mal à l'aise. J'avais pas envie d'être là. Au départ j'étais contre l'idée.

Comme je te disais, j'embarquais plus dans les gamiques du chef...

«En tout cas, pour en revenir à cette fille, il nous avait dit qu'elle était belle... et qu'on allait découvrir «les mystères de la vie». Mais lorsqu'il a retiré le paravent et qu'elle a commencé à se dandiner devant nous dans ses vêtements cochons, avec son maquillage outrageux et cette maudite musique qui n'en finissait pas de monter, moi, j'ai eu mal au cœur. Mes trois copains avaient les yeux vissés sur elle et moi, eh bien... mon estomac s'est révulsé. À un moment donné, je me suis levé si raide que mon fauteuil a basculé; et je me suis enfui.

«Cette nuit-là, j'ai craqué. Je me suis retrouvé dans les jupes de ma mère à brailler comme un veau. J'ai avoué à mes parents que je me droguais. Ils ont été corrects. Mon père m'a serré dans ses bras, chose qu'il fait rarement, et il m'a juré que je m'en sortirais. Ma mère pleurait autant que moi mais elle a promis de m'aider. Je voulais cesser de consommer, Karine. Recommencer à vivre.

«J'ai jamais eu un Noël aussi pénible. Dans les fêtes de famille, je déballais des cadeaux, j'embrassais les tantes et les cousines, mais j'étais tellement en manque que je pensais à rien d'autre. À la rentrée de janvier, ç'a été l'enfer. Les paladins m'ignoraient et j'étais trop tourneboulé moi-même pour me demander pourquoi. J'étais amer, j'avais perdu toutes mes illusions, j'étais continuellement prêt à mordre.

«Mes parents m'avaient demandé d'éviter les paladins et je me tenais loin d'eux. Mon envie de consommer ne diminuait pas pour autant, au contraire. Mais comme mes parents me surveillaient de près et que le chef ne me fournissait plus, j'endurais. Jusqu'au jour où c'est devenu irrépressible. Il fallait que je consomme. Absolument.

«J'ai fini par trouver une filière: j'ai été référé à quelqu'un qui consentait à m'approvisionner, mais il me demandait tellement cher, le séraphin, qu'il m'a fallu lui vendre des meubles en échange de ma coke – des meubles qui appartenaient à mes parents. Le jour où il est venu en prendre livraison, j'ai été malade comme un chien. Après avoir résisté plus de deux mois, je m'étais remis à consommer massivement. Malgré tout, je n'arrivais pas à me camer assez pour oublier ce que je venais de faire! Ces meubles avaient une grande valeur aux yeux de mes parents. Alors je me dopais encore plus mais c'était peine perdue. J'avais tellement honte que j'ai voulu mourir. Ce n'était pas un suicide à proprement parler, même si c'est ce que le monde pense, mais, en me voyant aussi malade, à me tordre de douleur, couché par terre, avec des crampes partout, j'ai simplement cessé de me défendre. J'appelais la mort: *Viens, prends-moi donc.* Demande-moi pas comment je me suis retrouvé vivant, j'en sais rien!

«J'étais à l'hôpital en pleine déprime quand un type est venu un beau jour me parler de désintoxication. Pour la première fois, on me faisait entrevoir un avenir qui serait pas un enfer perpétuel. Moi qui m'étais cru condamné à tout jamais, je me suis accroché à cet espoir. J'ai accepté la cure fermée, dans un centre spécialisé. Sauf que ç'a été beaucoup plus dur que j'avais pensé. J'angoissais constamment. La plupart des gens qui étaient en cure en même temps que moi semblaient certains de pouvoir vaincre leur dépendance. Eux, à la fin de la cure, ils volaient sur un nuage rose. Moi, au contraire, je n'osais pas y croire et je me crispais tout le temps. Je n'ai jamais eu tellement confiance en moi, tu sais. J'avais tellement peur de retomber que ça me rendait agressif. D'ailleurs tu m'as vu... Ça m'a pris un bout de temps avant de me convaincre que c'était possible de résister jour après jour aux tentations qui assaillent quand on s'y attend le moins. Ça fait aujourd'hui, attends, deux mois, trois semaines et quatre jours que j'ai rien consommé.»

Il se tait et son regard se perd dans la voûte infinie des étoiles. Vibrante, Karine prend sa main dans les siennes, mais il la lui retire.

— Sauf que ça sert à rien! crie-t-il d'une voix saccadée. *À rien!* Je suis pas plus heureux qu'avant. Même après tous ces efforts-là, je m'en sortirai pas, alors à quoi bon prendre ma main, Karine? Personne peut m'aider! C'est dans mon casier, un casier que j'ai même jamais ouvert, qu'ils ont trouvé la dope. Je vais être accusé, je pourrai pas me défendre, on va me croire coupable. J'ai été à La Passerelle seulement quelques jours, et je me suis déjà fait un paquet d'ennemis. J'ai été fendant avec la Visvikis, les profs m'haïssent, Ballard m'a pris en grippe. De toute façon, tu le sais, je suis agressif et violent... Tout joue contre moi. Même à la maison, chez mon frère, je suis bête comme mes pieds et les voisins peuvent pas me sentir.

14

Un samedi calme avant la tempête

Ding! Dong! Christian fait taire les chiens et vient ouvrir.

— Monsieur Courchesne? Je suis Louis Pontchartrain, le docteur qui a examiné Madame Isolde hier, dit le visiteur en guise de présentation. Pardonnez-moi de vous relancer ainsi à l'improviste, mais j'ai quelque chose à vous demander. À propos, comment se porte la future maman?

— À merveille, répond Isolde en sortant de sa chambre. Mille fois mieux qu'hier. Entrez, docteur, vous prendrez bien une limonade.

— Volontiers. J'aimerais vous parler de Marc-André...

○

— Fred! Que c'est que t'as d'affaire à fouiller dans les bijoux de Rita, mon bandit! Lâche-moi ça tu'suite!

— Wô, le père, relaxe! J'écoutais la musique, c'est tout! répond le garçon en refermant le minuscule coffret.

La valse brillante des *Sylphides* s'interrompt aussitôt. Fred n'a rien pris, mais son choix est fait. Rita a de jolies boucles d'oreilles ainsi qu'une chaîne en or véritable. «Ça me prend trois cents piastres!» calcule-t-il. Cette malencontreuse saisie à la polyvalente lui coûte cher et l'oblige à prendre des mesures extrêmes. C'est la deuxième fois en trois mois qu'il doit recommencer à zéro. De toute façon, ça ne clique pas avec son père, sa blonde et la petite Luce. «C'est pas moi qui vais m'en ennuyer!» marmonne Fred. L'appartement de la Montée à Rebours est vraiment exigu pour quatre personnes.

— Rita revient à quelle heure aujourd'hui? crie-t-il pour couvrir le son de la partie de base-ball à la télé.

— Que c'est que ça peut te faire? grogne le père avant d'avaler une lampée de bière.

— Je demandais ça comme ça. Est-ce qu'elle soupe avec nous autres?

— Coudonc, toi, te v'là donc ben rendu scèneux! C'est quoi qui te bogues, hein? Rita, a va revenir quand ça va lui chanter. Pis c'est pas de tes maudites affaires, O.K.?

«Ça y est, le père est jaloux de sa poupée! conclut Fred. J'aurai plus le droit de la regarder, maintenant!»

— Elle travaille aujourd'hui?

— Oui, pis Luce est chez sa grand-mère, crache le père. Y a-t-y d'autre chose que tu veux savoir?

— Toi, tu sors pas?

— Non mais, y a toujours ben un boutte!

— P'pa..., tu voudrais pas qu'on jase un peu? Qu'on aille quelque part tous les deux? J'sais pas, moi, jouer au billard, ou au quilles, hein? Ou juste se promener, comme quand j'étais petit et que tu m'achetais des popsicles au coin de la rue...

Le père tourne vers son fils un visage incrédule. Un bref instant, une lueur l'anime, mais il hausse les épaules et cale le reste de sa bouteille.

— Coudonc, toi, es-tu en train de retomber en enfance!

— C'est pas ça, p'pa. Je..., j'ai...

— Ben accouche qu'on baptise! Reste pas planté là à bégayer devant moi comme un grand tarlet! Que c'est que tu veux, encore?

— Euh... rien.

— Ben dans ce cas-là, sacre-moi donc patience. Je vais aller faire un somme, dit l'homme en éteignant la télé. Les Expos sont en train de se faire donner une volée de toute façon pis tant qu'à te regarder niaiser... Pis celui qui va me réveiller va s'en rappeler longtemps, tiens-toi-le pour dit!

Fred attend que son père se mette à ronfler, puis il s'approche en douce de la boîte à bijoux. En deux temps, trois mouvements, il a enfoui dans ses poches trois paires de boucles d'oreilles et un collier. Le temps de mettre quelques vêtements dans un sac, et il est parti.

○

— Qu'est-ce qui va pas? demande Carlo à Marc-André.

L'après-midi tire à sa fin et les deux gars sont en train de puiser des chaudiérées d'eau au ruisseau. Marc-André hausse les épaules.

— Oui, renchérit Carlo, c'est à peine si t'as ouvert la bouche depuis le matin. Et on peut pas dire que t'as l'air en grande forme. Je pensais que notre excursion au Panorama te délierait la langue, mais non...

— Je t'ai jamais promis d'être un boute-en-train, me semble.

— Est-ce que tu es en manque? demande Carlo.

Marc-André détourne son visage ravagé.

— Carlo, j'suis rien qu'un minable, avoue-t-il en tressaillant violemment. Un salaud, un moins que rien, même pas digne de vivre.

Lâchant son seau dans le ruisseau, il part en courant vers la forêt, refoulant ses larmes. Après avoir récupéré la chaudière pour éviter qu'elle ne soit emportée par le courant, Carlo s'élance à sa poursuite. Il le rejoint dans une petite clairière, appuyé contre un arbre.

— Laisse-moi. Va-t'en!

— Écoute, mon chum, je te connais pas beaucoup, mais je suis capable de m'apercevoir qu'en ce moment t'as de la misère et, veux, veux pas, je te lâcherai pas. Moi, quand j'étais dans le fond de mon trou noir, j'ai eu un coup de main pour m'en sortir, et je me suis toujours dit qu'un jour moi aussi j'aiderais quelqu'un dans la même situation. Peut-être que ce jour-là est arrivé...

○

Assise au bord du lac, Karine regarde la nuit tomber. Finalement, elle ne regrette pas d'être venue. Sylvie est sympathique et Carlo l'amuse avec sa crinière volumineuse et sa façon affectueuse de l'appeler Karinella.

La longue confidence de Marc-André l'a profondément ébranlée, mais elle l'a aussi confirmée dans ses sentiments. Elle n'espère pas être payée de retour. Pas encore. Il s'agit avant tout de régler cette histoire de drogue. Après, on passera aux choses sérieuses. Dès son retour à Montréal, Karine va parler à son père. Il connaît assez Marc-André pour pouvoir l'aider. De son côté, elle fera tout son possible pour le sortir de là.

Il a eu l'air tellement déprimé toute la journée. Gêné de la regarder. Peut-être est-il mal à l'aise de lui avoir raconté tout ça? Il ne s'est même pas montré au souper. Carlo est revenu tout seul, avec les seaux d'eau, et a expliqué que Marc-André était allé se promener. Il avait l'air bouleversé, Carlo. Peut-être Marc-André lui a-t-il fait des confidences, à lui aussi? D'autres confidences? Des choses qu'il ne lui a pas dites, à elle?

D'ailleurs, quelque chose la chicote dans l'histoire de Marc-André. Un lien manquant.

Pourquoi cette déprime quand, finalement, les choses vont un peu mieux? Il y a la saisie à La Passerelle, évidemment. Mais tout de même... Elle a l'impression qu'une solution se trouve là quelque part, à sa portée, et qu'à force de déduction elle pourrait la trouver.

Elle se demande comment va se passer le dimanche.

Et tout à coup, elle sursaute! «Fred! murmure-t-elle à voix basse. Fred Campeau!» Se concentrant de toutes ses forces, elle essaie de se rappeler tout ce qu'elle sait au sujet de ce garçon qui, comme Marc-André, est arrivé de Brossard au milieu de l'année scolaire.

○

Le chic bar-salon *Les belles guerrières* de la rue de la Gare est flanqué d'une volumineuse enseigne annonçant en lettres clignotantes: **SPECTACLES ÉROTIQUES CONTINUS.**

Fred attend nerveusement près de la sortie du personnel. Des décharges de décibels lui parviennent par les fenêtres ouvertes, et il devine la boucane qu'il doit y avoir là-dedans.

Il l'aperçoit enfin qui sort d'un pas pressé, et il lui fait signe.

— Que c'est qui se passe? demande-t-elle, agacée de le voir là.

Sa voix est rude, mais son ton n'est pas vraiment méchant. Impatient, seulement. Fred s'aperçoit qu'elle pourrait être jolie, mais aucun maquillage n'arrive à camoufler les signes de fatigue qui altèrent son visage. Sa taille de guêpe et sa tignasse blonde frisottée rachètent un peu les choses, et lui donnent l'allure sexy qui plaît tant à son père. «Elle travaille trop, songe-t-il. À l'usine cinq jours par semaine, le soir et les week-ends ici. Et papa qui ne fout rien dans la maison. Et la petite par-dessus le marché!»

— Il m'arrive un pépin, dit-il. Y a eu une saisie à l'école vendredi, et je suis à sec. Pourrais-tu me refiler quelques grammes de...?

Elle hoche la tête vivement, lui faisant signe de se taire.

— Ton père aimera pas ça, Fred. L'histoire de l'école, je veux dire.

— Voyons donc, ça lui fera pas un pli sur la différence. Et t'en fais pas, je suis assez grand pour prendre soin de moi. Mais pour...

— Tiens, c'est de l'héroïne, chuchote-t-elle en lui donnant une petite enveloppe.

— Oh, merci. J'ai pas de quoi te payer tout de suite, mais je te revaudrai ça, promis.

— Euh, Fred, ton père file un mauvais coton ces temps-ci.

— J'ai vu ça.

— Je pense... euh... que ça lui ferait du bien, une nuit tranquille, juste avec moi... la petite couche chez ma mère. Penses-tu que tu pourrais, j'sais pas, moi, aller dormir chez ta mère, pour une fois?

«Me semble de voir la crise qu'elle piquerait! songe Fred, amer. C'est bien la dernière place ou je peux aller... Mais j'avais l'intention de me planquer, de toute façon.»

— Pas de problème! répond-il. Un service en attire un autre, pas vrai?

15

Un dimanche mouvementé

À midi et demi le dimanche, la vieille Plymouth s'arrête rue du Ruisseau, devant chez Marc-André qui descend prestement.

— Salut, crie-t-il en claquant la portière.

— Tiens bon, mon chum, dit Carlo en se remettant en vitesse, à tantôt!

— D'accord, et merci.

Isolde et Christian sont assis à table lorsqu'il entre dans le logement, sourire aux lèvres. Ils s'arrêtent de manger et le regardent, incertains. L'air serein de Marc-André ne laisse pas de les surprendre.

— Salut, vous deux! Alors, quoi de neuf dans le faubourg? Isolde, tu as l'air mieux, je suis content. Et toi, Christian? Ce voyage à Ottawa?

— Écoute, on en parlera plus tard. Avant tout, on a quelques questions à te poser, dit Christian.

— À propos de la drogue à La Passerelle, du camping, ou du fait que je revienne trop tôt à votre goût? demande Marc-André innocemment.

— Y a cet inspecteur qui meurt d'envie de t'avaler tout rond.

— De me faire pendre, tu veux dire. Évidemment, ses gros toutous ont trouvé la drogue dans mon casier.

— Justement. Qu'est-ce qu'on doit en conclure?

— Ce casier-là m'a été assigné le jour où les vieux sont allés m'inscrire à l'école. Je ne l'ai jamais occupé, je n'y ai jamais déposé le moindre cartable, en fait, j'ignore même où il est exactement. Et je ne suis ni de près ni de loin impliqué dans la vente de drogue à La Passerelle, ça je vous en donne ma parole. Vraisemblablement, ils ne pourront jamais trouver mes empreintes digitales nulle part et ils vont être obligés de chercher d'autres coupables.

— Y a un autre petit problème embêtant: on t'a vu entrer à l'école vendredi, et tu t'es sauvé précipitamment avant le début des cours, juste après avoir appris que la police était sur place.

— J'ai eu un pressentiment qu'Isolde avait besoin d'aide, avoue-t-il, conscient que cette explication est inconsistante avec son attitude antérieure. Écoutez, c'est pas mal compliqué. Je vous expliquerai de mon mieux quand tout sera réglé mais, pour le moment, on a monté un plan, avec quelques copains, et il faut le réaliser maintenant, avant qu'il soit trop tard ou que cet inspecteur vienne brouiller les cartes. Si ça marche, on va régler bien des problèmes. Faites-moi confiance. S'il vous appelle, dites à l'inspecteur que je serai prêt à le rencontrer demain de toute façon.

○

La Plymouth n'a pas sitôt roulé dans l'allée de garage que les parents de Karine se précipitent dehors. Tout en prenant ses bagages dans le coffre, la jeune fille constate avec soulagement qu'ils ne se sont pas encore entre-tués.

Ils insistent pour que Karine leur présente Carlo et Sylvie, ce qu'elle fait volontiers. Estelle fronce les sourcils devant l'allure de rocker du chauffeur, mais Louis lui tend une main chaleureuse.

— Votre fille est une bonne campeuse, leur dit Sylvie et on a fait de belles excursions tous les quatre.

— Quatre? relève Estelle. Il manque quelqu'un?

— Marc-André, je suppose? dit le docteur en se rembrunissant. Eh bien, justement, Karine, j'ai quelques questions à te poser à son sujet.

— Ça s'adonne bien, moi aussi je veux te parler de lui.

Carlo remet le contact et coule un clin d'œil discret à Karine.

— À tout à l'heure, Karinella!

○

Marc-André s'est attelé au téléphone, et, de fil en aiguille, il a recueilli l'information dont il a besoin. Fébrilement, il se prépare à aller rejoindre Karine et Carlo devant le restaurant *L'Arc-en-ciel*.

191

Karine aperçoit sa mère qui lit une revue, juchée sur un tabouret au comptoir de la cuisine.

— Maman? fait-elle, hésitante. Papa est parti?

Sa mère se retourne lentement, la regarde avec une sorte d'indifférence, et revient à sa revue qu'elle feuillette distraitement.

— Tout de suite après t'avoir parlé. Oh, il devait avoir des copines à consoler, des infirmières à réconforter, et même, qui sait, des patientes à soigner! Tout ça pour te dire qu'il est à l'hôpital, comme d'habitude. Et que moi, pour la cinquantième fois, je lis un article plate dans un magazine ennuyant.

— Tu pourrais lire autre chose, non? Tiens, j'ai un bon roman à te prêter.

— Laisse-moi tranquille!

— Et t'es pas obligée de rester dans la maison à te morfondre. Il fait beau, dehors.

— Tu penses que ça me tente de regarder les couples se promener la main dans la main! Ça me rend malade! Alors je reste ici. Toute seule.

— Je suis là, maman, non?

— Oui, pour cinq, dix minutes, maximum. Tu ne vis plus dans la maison, l'aurais-tu oublié?

Karine soupire et change de sujet:

— Maman, il commence à faire chaud et je cherche mon linge d'été. J'ai rien trouvé dans la garde-robe en cèdre.

— Pour la bonne raison que j'ai tout donné à une fondation.

— Tout! gémit Karine. Tu m'en as jamais parlé!

— Tu n'étais pas là! De toute façon, tu as trop grandi et, surtout, tu t'es tellement transformée dans la dernière année que plus rien ne t'aurait fait. Je t'emmènerai magasiner... Ça me donnera l'occasion de voir du monde. Une fois n'est pas coutume...

— Oui, mais là, qu'est-ce que je vais porter? Je sors, moi, tout à l'heure. Je voulais mettre un short ou un pantalon léger.

— Tu es très bien comme ça! Pourquoi te changer? Et puis, tu as tes jupes longues... je ne les ai pas données, tes jupes!

— *Maman,* il fait vingt-cinq degrés à l'ombre aujourd'hui!

— Bien, mets tes trucs d'éducation physique! Je te les ai lavés samedi.

Découragée, Karine s'apprête à aller vers sa tente, mais elle se ravise et redescend à la garde-robe en cèdre. Ouvrant une boîte marquée *linge d'été – Estelle,* elle sélectionne un ensemble pantalon blanc et un maillot rayé, qui lui vont très bien. «Ça va faire pour aujourd'hui, songe-t-elle en se changeant rapidement, mais il va falloir que je trouve une bonne cachette pour mon linge d'hiver.»

○

— Alors, tu as ce qu'il faut? demande Carlo.

— À peu près, dit Marc-André. J'ai son adresse et le nom d'une couple de places où on pourrait chercher s'il est pas chez lui. Plus loin que ça, il va falloir jouer par oreille.

— Et toi, Karine?

— Mon père est tout à fait d'accord. Il va parler à un collègue et s'en charger lui-même s'il ne vient pas à bout de le convaincre.

— Et moi, je suis allé faire un tour à la villa Roche-de-St-Cœur, ajoute Carlo. Ça pourrait s'arranger.

— Si on n'arrive pas trop tard..., marmonne Marc-André.

○

— Y a personne, on dirait, fait Marc-André, découragé.

— Tu es sûr que c'est le bon appartement?

— Y a seulement un Campeau, et c'est celui-là. Le 33.

— Il faut qu'il soit chez lui, donc on va espérer que la connexion électrique est défectueuse, conclut Carlo. Bon, eh bien, la fin justifie les moyens. Mon expérience de gangster va me servir une fois de plus. L'idée, c'est de passer de l'autre côté de cette foutue porte électrique pour aller frapper à la porte du 33, non?

Sortant de sa poche un billet de cinq dollars et une enveloppe, il dépose le premier dans la deuxième. Puis il examine le tableau des locataires.

— Qui a un stylo? Toi, Karinella? Donne. Wow! Rouge, à part ça! Tout à fait approprié pour ce que je veux en faire!

Il écrit *Madame Dora Boisjoli, #21,* en lettres moulées, sur l'enveloppe, puis il signe sur le rabat: *De la part d'un admirateur.* Il dessine même à côté un petit cœur transpercé d'une flèche.

— Maintenant, Karinella, à toi de jouer: sonne, et quand elle va demander qui c'est, prends ta plus jolie voix de petite fille bien élevée et explique à cette gentille dame ce que tu viens de trouver par hasard devant l'immeuble. Avec un peu de chance, elle activera le mécanisme de la porte et vous pourrez entrer.

— Si c'est ça que tu faisais du temps que tu étais gangster, tes coffres n'ont pas dû s'emplir tellement vite! rigole Karine.

— Ah, mais, dans ce temps-là, c'était des faux billets!

Quelques minutes plus tard, Karine se présente au 21 avec sa lettre d'amour. Mme Boisjoli en aura pour des semaines à essayer d'identifier celui de ses voisins dont le cœur bat pour elle en cachette.

○

Marc-André tambourine sur la porte du 33.

— Y a du monde, murmure-t-il, j'entends la télé...

— C'est qui? tonne une voix.

— Euh, m'sieur Campeau? C'est moi, Marc-André Courchesne, un ami de Fred. Vous souvenez-vous de moi? À Brossard...

— Une minute.

La porte finit par s'ouvrir et une senteur âcre se répand dans le couloir. Une tête hirsute paraît dans l'embrasure.

— Je voudrais voir Fred. Il est là? demande Marc-André.

— Non, y est allé coucher chez sa mère, hier, pis y est pas revenu.

196

— L'attendez-vous bientôt?

Un geste d'indifférence totale lui répond. Marc-André insiste...

— Rita? beugle le père en tournant la tête vers l'intérieur. Y t'a dit qu'y reviendrait à quelle heure, Fred?

— Fouille-moi! répond-elle d'une voix empâtée. Mais j'ai pas l'impression qu'on va lui revoir la face de sitôt.

Elle s'approche à son tour et Marc-André comprend qu'elle est soûle.

— Vous sauriez où je pourrais le trouver?

— Non, crache-t-elle en lui envoyant dans la face son haleine d'alcool, mais si tu le trouves, dis-lui de ma part que c'est un maudit voleur!

Marc-André redescend lentement, l'esprit en émoi. Par les coups de téléphone qu'il a faits tantôt, il sait très bien que Fred n'a pas dormi chez sa mère la veille au soir. Son cœur se serre.

16

Bas les masques!

— Dépose-moi ici, dit Marc-André. On est souvent venus dans ce quartier, dans le temps... Écoutez, vous deux, inutile de m'accompagner toute la nuit. Ça fait déjà... quoi? six, sept heures qu'on cherche sans succès. Allez dormir. Je vous donnerai des nouvelles au matin. Et si je le trouve, je vous appelle.

— Pas question qu'on t'abandonne comme ça, déclare Carlo, péremptoire. Vas-y, on reste ici dans la voiture.

— Mais je vous jure...

Marc-André s'interrompt brusquement, le cœur battant. N'en pouvant croire ses yeux, il s'agenouille et éclaire du jet de sa lampe de poche une forme dessinée à la craie rouge sur une pierre blanche.

— Il est ici pas loin, affirme-t-il. Venez voir.

— La Marque rouge! murmure Karine, en en reconnaissant la forme stylisée d'une petite dague: †.

— Et la sienne, en plus! renchérit Marc-André. Voyez-vous la demi-barre horizontale, à droite, juste sous la traverse? Ça fait comme un *F*. On a chacun notre marque personnalisée. À tout hasard, je vais mettre la mienne à côté. Ton stylo, Karine!

○

Ils sont une vingtaine à se partager ce tronçon de ruelle. Affalés entre les galeries et les poubelles, ils profitent du temps doux pour passer la nuit confortablement à ciel ouvert. Certains ont des couvertures et s'étendent pour dormir un coup. D'autres restent assis à fumer, les yeux dans le vide. Ils parlent peu, communiquent par signes, se comprennent même intuitivement, sans avoir à bouger. Il est tard.

Marc-André avance lentement, les yeux habitués à la pénombre. Il n'ose allumer sa lampe, de peur de réveiller ceux qui se reposent. Il fait attention de ne pas trébucher sur les seringues qui roulent un peu partout. Certains visages lui paraissent vaguement familiers. Il les a peut-être déjà vus. Il pose parfois une question, toujours la même, et obtient toujours la même réponse:

— Pas vu!

Alors il poursuit son chemin, espérant avoir plus de chance dans le tronçon suivant.

— On a pas mal quadrillé tout le secteur, dit Carlo. Où est-ce qu'on va, maintenant?

— Je reste ici, déclare Marc-André. Je suis sûr de mon coup. Il ne peut pas être loin.

— À cause de la marque...

— Tantôt j'ai eu l'impression qu'on me cachait quelque chose. Ce type, là, avec la couverture verte, il sait où Fred se cache mais il ne veut pas parler.

— J'ai une idée, attends-moi... je reviens tout de suite.

La Plymouth démarre bruyamment, profanant le silence de la rue. Revient au bout de dix minutes.

— Tiens, va t'asseoir par là et ouvre ça sans rien dire. Dans quelques minutes, je te rejoindrai avec un thermos de café.

Une énorme boîte de beignets sous le bras, Marc-André s'installe dans un coin inoccupé, non loin du type à la couverture verte.

On se passe le mot, la boîte circule de main en main; et le café, lorsqu'il arrive, prend une valeur de manne dans le désert. Les langues se délient un peu, juste assez... Marc-André finit par recueillir l'information qu'il souhaitait:

— Ton chum, y est dans la piquerie d'à côté. Non, c'est pas barré. La porte grise, ouais, celle-là. Remarque, j'suis pas certain qu'y soit en état.

Mais Marc-André s'est déjà envolé. Carlo ramasse silencieusement les verres de polystyrène, la boîte de beignets vide lui servant de poubelle. Karine s'est endormie sur la banquette arrière de la Plymouth et il la rejoint, ne voulant pas la laisser seule. Il s'assoit de façon à voir la porte de la piquerie et il attend.

○

La porte s'ouvre avec un grincement lugubre et Marc-André scrute l'obscurité, tous ses sens en éveil. Il entre dans un débarras encombré de mille et un objets qui lui donnent la chair de poule. Quelque chose bouge sous son pied, un rat peut-être. Ça craque de partout. Il frissonne et le beignet qu'il vient de manger lui remonte dans la bouche. Il ravale résolument. «C'est pas le moment d'être malade!» songe-t-il. Il pénètre dans une cuisine sombre où trône un vieux poêle qui répand une inquiétante odeur de gaz. Résistant à une formidable envie de foutre le camp, il enjambe des formes allongées sur le sol, s'enfarge dans une chaise, traverse deux chambres éclairées à la chandelle où des gens murmurent ou se lamentent, pour se retrouver dans un immense salon double donnant sur la rue. Au fond de la pièce, une douzaine de personnes sont assises en cercle dans le noir, autour d'un poêle minuscule. À l'autre bout, la fenêtre en baie reçoit de biais la faible lueur d'un réverbère et c'est ainsi que Marc-André aperçoit, allongée sur un divan éventré, la silhouette endormie de Fred.

Endormie? Ou pire?

Se jetant à genoux, Marc-André pose sa tête sur la poitrine de Fred et soupire, rassuré.

— Ça bat encore là-dedans, bonhomme! ricane Fred, faiblement. Mais pas pour bien longtemps. Je suis sur l'héroïne, comme tous ceux qui sont ici, et je vais en reprendre autant de fois qu'il va falloir, mais je vais finir par partir pour de vrai. Moi, je me raterai pas, comme certains autres que je connais.

Marc-André sourit, trop heureux pour se sentir insulté.

— J'en perds des bouts, me semble, reprend Fred en se redressant à demi. En tout cas, je comprends pas ce que tu fais ici, bonhomme. Peux-tu éclairer ma lanterne?

— J'ai reconnu ta marque sur la roche... J'ai su que tu m'appelais. Et j'suis venu.

Une expression ébahie éclaire le visage de Fred.

— Moi qui pensais que t'avais renié la Marque rouge...

— Moi aussi, mais je me trompais. Malgré tous mes efforts, j'étais plus capable de vivre en faisant semblant que ça n'avait jamais existé. Le serment, et tout et tout... Je me suis mis à penser aux paroles de ce serment-là, et je me suis rendu compte que c'était la plus belle chose que j'avais jamais dite de toute ma vie. *Sur mon honneur, je promets, Seigneur, de toujours agir selon ma conscience, de ne jamais laisser tomber mon chef ou mes confrères paladins et de répondre à tout appel au secours de leur part, sous peine qu'il m'en cuise.*

— Ben je vais mourir content, sais-tu. Je vais apporter ça de l'autre bord, ce que tu viens de me dire là.

Marc-André se met à pleurer à chaudes larmes. De soulagement ou de chagrin, il ne sait pas très bien.

— Qu'est-ce qui nous est arrivé, Frédéric? gémit-il douloureusement. Pourquoi est-ce qu'on n'a pas pu rester des paladins assoiffés de grandeur, hein? Pourquoi est-ce qu'il a fallu qu'on vieillisse et qu'on se mette à faire des conneries? Et pourquoi est-ce qu'on pourrait pas revenir en arrière et recommencer autrement?

— C'est maudit, ces affaires-là, Marco. Ça se recule pas comme on veut. Tu penses que j'ai pas eu le goût, moi aussi, des fois?

— Mais pourquoi tu le faisais pas? C'était toi, le chef!

— J'sais pas. Des fois, je voulais tout arrêter ça là, mais d'autres fois, quelque chose me poussait par en dedans et y avait rien à faire. Une frénésie de découvrir des trucs nouveaux, je le sais-tu, moi? C'est pas toujours évident d'être un chef, tu sais. Marco, pourquoi t'as jamais voulu que je t'explique ce qui s'est passé la nuit où t'as levé l'ancre de mon sous-sol?

— Je pouvais pas, c'est tout. Cette nuit-là, moi, j'ai eu l'impression de mourir. C'était pas juste une impression non plus. «Si c'est ça, être un paladin, que je me suis dit, eh bien moi, je débarque!» Et y a quelque chose qui est mort en moi.

— Mais Marco...

— Je suis venu te chercher, Frédéric. Je t'emmène avec moi. Je vais t'aider. Tu vas t'en sortir. Comme moi. On va s'en sortir ensemble. Tu vas m'aider, puis je vais t'aider. Ça va être comme dans le temps, toi et moi, envers et contre tout, envers et contre tous. Comme quand y avait juste nous deux, avant que Miklos et Didier arrivent à Brossard.

— Ça sert à rien, Marco. Je suis rendu trop loin. J'ai plus de vie devant moi. Écoute, va-t'en. Laisse-moi crever. J'y croyais pas, mais c'est peut-être vrai que tu peux t'en sortir, toi, t'as plein de monde autour de toi... T'as un père, puis une mère, puis une petite Latino qui est *cute* à mort.

Marc-André ne se donne pas la peine de le détromper. Il lui expliquera en temps et lieu qui est Isolde. De toute façon, en quelque sorte Fred a raison. Tous ces gens-là sont derrière lui. Et d'autres, aussi, comme Carlo, Karine, le doc Pontchartrain. Ce sont tous des gens qui, malgré des situations personnelles difficiles, trouvent de l'énergie pour l'aider. Tandis que Fred est seul. Complètement seul.

— Tandis que moi... C'est pas mon père qui va me soutenir bien fort... et ma mère, euh, elle m'a chassé... C'est pour ça que je me suis retrouvé au faubourg. C'te maudite-nuit-là, laisse-moi te dire, bonhomme, que t'as eu un sacré flair! Nous autres, on a mangé la claque! Ma mère est arrivée à l'improviste et elle nous a surpris avec cette fille. On n'avait encore rien fait... Après ça, elle a complètement capoté, ma mère. Elle veut plus rien savoir de moi, et elle me l'a pas envoyé dire non plus. Elle m'a gardé chez elle le temps de retracer mon père, qui avait quitté son ancienne adresse sans dire où il allait. Mais dès qu'elle a pu, elle m'a foutu dehors. «Et que je te revoie plus jamais la face!» qu'elle m'a dit, en guise d'adieu. Tu penses que j'suis pas mort, moi aussi, dans cette affaire-là?

Pendant un moment, Fred se tait, pour ne pas pleurer. Marc-André attend un moment, puis demande:

— Et les autres? Miklos? Didier?

— Mes suiveux, comme tu disais. Après que ma mère a fait aller sa grande langue, leurs parents ont réagi, comme de raison... Miklos a été expédié en Hongrie subito presto, pour vivre chez un oncle. Et Didier est pensionnaire dans un collège du Bas-du-Fleuve. Ses parents laissent ses deux petits frères finir leur année scolaire à Brossard, mais après ça, ils s'en retournent vivre à Kamouraska.

— Les paladins sont morts, cette nuit-là...
Tous les quatre.

— Oui... Maudit que ç'a été dur, les premiers temps, chez mon père, Marco! Et à La Passerelle, j'avais pas d'amis. Juste le concierge qui me jasait, des fois... Et ma coke, pour me tenir compagnie. Et un bon jour, j'ai pensé que le bon Dieu m'aimait, je t'ai rencontré par hasard...

— Et je t'ai reviré de bord comme un salaud! Maudit, Frédéric! J'avais trop peur de retomber dans la drogue et je voulais tellement pas! Tu m'appelais au secours, mais moi je te voyais comme une menace. Tu voulais me faire recommencer à consommer.

— C'est vrai. J'avais le goût que tu recommences à prendre de la coke avec moi, pour ne plus être seul! C'est terrible la solitude!

— Je voyais bien que t'étais tout seul... Surtout quand j'ai commencé à aller à La Passerelle. Mais j'essayais d'oublier le serment. Quand j'y pensais, je revoyais juste la fille et...

— Marco, t'avais raison, maudit! C'est vrai que cette fois-là... j'suis allé trop loin...

— C'est à cause de tout ça que je me sentais pas assez solide pour rester tout seul avec toi, Frédéric. Pardonne-moi!

Fred ne retient plus ses larmes. Il se lève en chancelant et les deux gars s'empoignent dans une solide accolade.

— T'en viens-tu, maintenant? demande Marc-André en l'entraînant vers l'enfilade de pièces.

— Hou-hou... Ça tourne, Marco.

— Je vais te soutenir. Wô! Fais attention, y a des obstacles partout.

— Mais où tu m'emmènes, comme ça? Je comprends rien.

— Je t'ai dit que j'étais venu te chercher. Tu vas t'en sortir. La seule condition, c'est que tu veuilles vraiment. Je t'emmène au faubourg.

— Mais j'suis bien que trop dans la marde! Avec cette histoire de drogue! Ils vont me foutre en tôle!

— Sais-tu que c'est dans mon casier que tu l'as mise, ta maudite drogue? C'est moi qu'on accuse! Pas toi!

— Comment ça? C'était un casier inutilisé qui appartenait à personne! Personne peut penser que c'est à toi.

— J'y suis jamais allé non plus. Alors on va essayer de clarifier ça avec la police et on a bon espoir de pouvoir régler les choses. Surtout si tu acceptes la cure qu'on va te proposer. On a l'appui d'un docteur qui va s'occuper de toi. Je ne dis pas que ça va être facile, mais si tu veux vraiment, tu as une chance de t'en sortir. Viens, quelqu'un nous attend dehors.

Le visage de Fred se décompose tout à coup en une espèce de rictus, croisement entre le sourire qu'il voulait faire et la grimace de douleur qui lui échappe tant il se sent malade. Mais Marc-André éclate de rire, et son rire est contagieux.

ÉPILOGUE

— Je peux pas croire que ta minoune te donne encore de la misère! crie Marc-André en voyant Carlo scruter son moteur, l'air embêté.

— Elle perd du liquide de refroidissement, et j'ai beau l'examiner à la loupe, je vois pas par où ça fuit. Bof! C'est pas grave. T'as parlé à Fred?

— Oui, et je te jure qu'il a hâte qu'on arrive!

— Déjà six semaines qu'il est au centre de désintox! Le temps passe si vite.

L'arrivée de Karine crée une diversion éblouissante.

— Karinella! Wow!

— Salut, dit Marc-André, époustouflé.

La jeune fille étrenne une tenue soleil: maillot décolleté et jupe-culotte lilas, surmontés d'un blouson léger en coton fleuri. Un collier de coquillage et des pendeloques blanches mettent en valeur sa peau bronzée. Elle a raccourci ses cheveux, qui bouclent naturellement autour de son visage et font ressortir ses traits délicats, à peine maquillés. Marc-André ne peut en détacher son regard. Son cœur bondit dans sa poitrine. Ça lui arrive de plus en plus souvent, depuis quelque temps, de se sentir tout drôle quand il est avec elle. Il se rappelle le jour où il a cru aimer Isolde et il renonce à comprendre.

— Vous savez quoi? J'ai trouvé un travail d'été, annonce Karine, jubilante. Préposée aux produits de beauté à la pharmacie des Galeries. Un travail que je pourrai garder à temps partiel quand l'école va recommencer.

«Comme ça, je pourrai me payer une chambre quelque part si mes parents ne règlent pas leur crise avant l'hiver», songe-t-elle sans amertume. Karine est devenue sereine devant le problème de ses parents. Elle s'arrange pour voir sa mère et son père séparément et dort avec de la ouate dans les oreilles.

— Félicitations, lui dit Marc-André. Et moi aussi, j'aurai une occupation à partir de lundi. Ton père a une patiente qui vient d'avoir son quatrième bébé et je vais aller l'aider. Mon fameux travail communautaire pour rembourser mes sautes d'humeur du printemps.

— Les biberons, les couches, ce genre de trucs? rigole Carlo. Me semble de te voir!

— Emmener les trois plus vieux au parc, organiser des jeux, faire des emplettes, rectifie Marc-André avec dignité. Et peut-être une couche par ci par là, pourquoi pas? Ça m'habituera pour quand Isolde aura son petit.

Il se rembrunit un instant et son cœur se serre: la santé d'Isolde ne va pas très fort et ça l'inquiète infiniment.

— Eh bien bravo, tous les deux, dit Carlo en refermant le capot. Alors, on y va? J'ai remis du liquide dans le réservoir, on devrait se rendre.

Il s'installe au volant et met le contact. Marc-André prend la main de Karine et l'entraîne vers la voiture.

— Tu... tu es très jolie, réussit-il à lui souffler en ouvrant la portière.

Elle remarque son visage cramoisi mais le compliment lui va droit au cœur.

— Hep, Carlo, ça te fait rien si je m'assois en arrière? demande Marc-André en s'installant près d'elle.

Fred les attend au détour de l'allée et, dès qu'il les aperçoit, il ramasse son sac à dos et court vers eux. Marc-André sort de la voiture et serre son copain dans ses bras.

— Vous étiez pas obligés de passer par la Floride, vous savez, ironise Fred.

— Qu'est-ce que tu veux, Carlo a des problèmes avec sa minoune, explique Marc-André en ouvrant le coffre et en y lançant le bagage de Fred. Il a fallu arrêter à une couple de stations-service, c'est tout.

— On sait bien, c'est pas vous autres qui vous morfondiez au bord du chemin!

Le grand sourire qu'il affiche atténue la rancœur de son propos. En fait, Fred a l'air en grande forme. «Pas mal plus que moi quand je suis sorti de cure», se rappelle Marc-André.

— Je me sens tellement bien, bonhomme, tu peux pas savoir! Quand je pense que sans vous autres, et surtout sans le doc Pontchartain, je serais en prison aujourd'hui!

Fred s'agrippe tout à coup au bras de son copain. Son regard balaie le paysage autour de lui et il prend conscience de toute cette liberté qui lui est redonnée. Il chasse résolument l'angoisse qui veut s'insinuer en lui.

— Maudit, Marco, j'ai même l'impression que je vais m'en sortir.

— Mets-en que tu vas t'en sortir, assure Marc-André en lui donnant une bourrade amicale. On va prendre ça une heure à la fois. Je vais t'emmener aux meetings de *Narcotiques*

Anonymes, à l'église St-Rock. Il est même question qu'on en organise juste pour des jeunes, avec Carlo, à la villa Roche-de-St-Cœur... On a déjà commencé à en discuter.

— La villa Roche-de-St-Cœur, c'est là où je m'en vais rester?

— Oui. Le temps qu'il faudra. Tu vas voir, ça va bien aller.

— Ouais, répond Fred avec enthousiasme. Je suis descendu dans le creux de l'enfer, mais là, depuis que j'ai commencé à remonter, c'est extraordinaire comme je trouve la vie belle.

En tremblant un peu, il contourne la voiture pour aller s'asseoir à côté du chauffeur. En ouvrant la portière, il paralyse sur place. Il vient d'apercevoir Karine et il ne peut s'empêcher d'y aller d'un petit sifflement égrillard.

— Hey, bonhomme, glisse-t-il à l'oreille de Marc-André, sais-tu que, finalement, tu seras peut-être le premier des paladins à découvrir les mystères de la vie.

Les douze étapes de *Narcotiques Anonymes*

1. Nous avons admis que nous étions impuissants devant notre dépendance, que nous avions perdu la maîtrise de notre vie.

2. Nous en sommes venus à croire qu'une Puissance supérieure à nous-mêmes pouvait nous rendre la raison.

3. Nous avons décidé de confier notre volonté et notre vie aux soins de Dieu *tel que nous Le concevions.*

4. Nous avons fait un inventaire moral sans peur et approfondi de nous-mêmes.

5. Nous avons avoué à Dieu, à nous-mêmes et à un autre être humain la nature exacte de nos torts.

6. Nous avons pleinement consenti à ce que Dieu élimine tous ces défauts de caractère.

7. Nous Lui avons humblement demandé de nous enlever nos déficiences.

8. Nous avons dressé une liste de toutes les personnes que nous avions lésées et avons résolu de leur faire amende honorable.

9. Nous avons directement fait amende honorable à ces personnes dans tous les cas où c'était possible, sauf lorsque cela pouvait leur nuire ou faire tort à d'autres.

10. Nous avons poursuivi notre inventaire personnel et avons promptement admis nos torts dès que nous nous en sommes aperçus.

11. Nous avons cherché par la prière et la méditation à améliorer notre contact conscient avec Dieu, *tel que nous Le concevions,* Le priant seulement pour connaître Sa volonté à notre égard et pour obtenir la force de l'exécuter.

12. Ayant connu un réveil spirituel comme résultat de ces étapes, nous avons alors essayé de transmettre ce message aux dépendants et d'appliquer ces principes à tous les domaines de notre vie.

TABLE DES MATIÈRES

PLAN DU FA...

LÉGENDE

1. ÉCOLE PRIMAIRE ST-ROCK
2. COMPLEXE SPORTIF
3. ARÉNA
4. LIBRAIRIE LE VOLUBILE
5. ÉGLISE ORTHODOXE
6. ÉGLISE CATHOLIQUE ST-ROCK
7. PRESBYTÈRE
8. MÉTRO LES ÉGLANTIERS
9. PARC L'OASIS
10. SYNAGOGUE
11. POSTE DE POLICE ET DE POMPIERS
12. CENTRE MÉDICAL

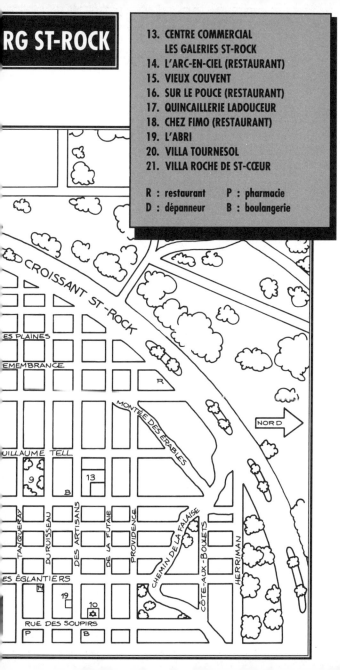

RG ST-ROCK

INVITATION

En terminant la lecture de ce livre, vous avez sûrement des impressions ou des commentaires au sujet de l'histoire, des personnages, du contexte ou de la collection «Faubourg St-Rock» en général.

Nous serions heureux de les connaître, alors, si le cœur vous en dit, écrivez-nous à l'adresse suivante:

Éditions Pierre Tisseyre
a/s Marie-Andrée Clermont
5757, rue Cypihot
Saint-Laurent (Québec)
H4S 1R3

Un grand merci à l'avance!

Œuvres de Marie-Andrée Clermont

Alerte au lac des Loups, roman d'aventures pour les adolescents, Fides, coll. du Goéland, 1980.

Les aventuriers de la canicule, roman d'aventures pour les adolescents, Fides, coll. des Mille îles, 1982.

Destination aventure, chronique de voyage rédigée en collaboration, Fides, 1985.

Jour blanc, roman d'aventures pour les adolescents, éd. Pierre Tisseyre, coll. Conquêtes, 1986.. En collaboration avec Frances Morgan.

Retrouvailles, nouvelle pour la jeunesse parue dans *Mauve et autres nouvelles*, éd. Paulines, 1988.

Flash sur un destin, roman pour la jeunesse, en collaboration, éd. Pierre Tisseyre, coll. Conquêtes, 1990.

La nuit mouvementée de Rachel, nouvelle pour les jeunes, éd. Hurtubise HMH, coll. Plus, 1991.

L'engrenage, roman, éd. Pierre Tisseyre, coll. Faubourg St-Rock, n° 1, 1991.

Roche de St-Cœur, roman, éd. Pierre Tisseyre, coll. Faubourg St-Rock, n° 5, 1992.

Poursuite, nouvelle, éd. Hurtubise HMH, coll. Plus, 1992.

Double foyer, roman, éd. Pierre Tisseyre, coll. Faubourg St-Rock, n° 9, 1993.

Le silence des maux, roman pour la jeunesse, en collaboration, éd. Pierre Tisseyre, coll. Conquêtes, 1994.

D'amour et d'eau trouble, roman, éd. Pierre Tisseyre, coll. Faubourg St-Rock, n° 13, 1994.

Le gros lot, in *Nouvelles du Faubourg*, éd. Pierre Tisseyre, coll. Faubourg St-Rock, n° 14, 1995.

À la belle étoile, conte fantastique, en collaboration, éd. Pierre Tisseyre, coll. Papillon, 1995.

Traductions

Visiteurs extra-terrestres, traduction de *Beckoning Lights*, de Monic[a] Hughes, Héritage, coll. Galaxie, 1984.

Amanda et le génie, traduction de *The Toothpaste Genie*, de France[s] Duncan, Héritage, coll. Alouette, 1984.

Jasmine, traduction de *Jasmin*, de Jan Truss, éd. Pierre Tisseyre, coll[.] des Deux solitudes, jeunesse, 1986. Certificat d'honneur d[e l'] International Board of Books for Youth (IBBY) en 1987 pour l[a] traduction.

En toute liberté, traduction de *Let It Go*, de Marilyn Halvorson, Fides[,] coll. des Mille îles, 1987.

Les vainqueurs, traduction de *Winners*, de Mary-Ellen Lang-Collura[,] Fides, coll. des Mille îles, 1987.

Le programme Minerve, traduction de *The Minerva Program*, d[e] Claire Mackay, éd. Pierre Tisseyre, coll. Deux solitudes, jeunesse[,] 1987.

Le choix de Marguerite, traduction de *A Place for Margaret*, de Bernic[e] Thurman Hunter, Héritage, coll. Alouette, 1988.

La passion de Blaine, traduction de *Blaine's Way*, de Monica Hughe[s,] éd. Pierre Tisseyre, coll. Deux solitudes, jeunesse, 1989.

Cher Bruce Springsteen, traduction de *Dear Bruce Springsteen*, d[e] Kevin Major, éd. Pierre Tisseyre, coll. Deux solitudes, jeunesse[,] 1989.

Café Paradiso et autres nouvelles, traduction de *Paradise Café*, d[e] Martha Brooks, éd. Pierre Tisseyre, coll. Deux solitudes, jeuness[e,] 1991.

Le bagarreur, traduction de *Bad Boy*, de Diana Wiele[r,] éd. Pierre Tisseyre, coll. Deux solitudes, jeunesse, 1991.

Solide comme Roc, traduction de *The Rock*, de Paul Kropp, éd. Pier[re] Tisseyre, coll. Deux solitudes jeunesse, 1993.

La vie est un rodéo, traduction de *Cowboys Don't Cry*, de Marily[n] Halvorson, éd. Pierre Tisseyre, coll. Deux solitudes, jeuness[e,] 1993.

Au clair de l'amour, traduction de *Looking at the Moon*, de Kit Pearso[n,] éd. Pierre Tisseyre, coll. Deux solitudes, jeunesse, 1994.

Le chant de la lumière, traduction de *The Lights Go on Again*, de K[it] Pearson, éd. Pierre Tisseyre, coll. Deux solitudes, jeunesse, 199[5].

Imprimé au Canada

Métrolitho
Sherbrooke (Québec)